Marion Marksmeisje

Hotwife, Cuckold, Kurtisane

Erotische Geschichten aus weiblicher Sicht

AF237116

Hotwife, Cuckold, Kurtisane

Erotische Geschichten aus weiblicher Sicht

Marion Marksmeisje

Die Handlungen und Charaktere dieses Buches sind ebenso wie die Autorin frei erfunden. Jede Ähnlichkeit mit realen Personen ist unbeabsichtigt. Alle dargestellten sexuellen Handlungen finden zwischen Personen über 18 Jahren statt.

Titelbild: Khusen Rustamow / Pixabay

Bibliographische Information der deutschen Nationalbibliothek:

Die deutsche Nationalbibliothek verzeichnet diese Publikation in der Deutschen Nationalbibliografie; detaillierte bibliografische Daten sind im Internet über http://dnb.dnbde abrufbar.

Herstellung und Verlag:

BoD – Books on Demand, Norderstedt

ISBN: 9783754333969

Inhalt

Vorwort...7

Der Fickbuddy..9

Im Hotel...23

Cuckold, Hotwife, Bull..35

Die Dame und das Mädchen..53

Der natürliche Weg..65

Sein erstes Mal...75

Der Masseur...87

Vorwort

So unterschiedlich die Frauen sind, die ich Ihnen in diesem Band vorstelle: Hier sind es sie selbst, die ihre Geschichten erzählen. Die subjektive Erzählperspektive erlaubt es der Leserin und auch dem sensiblen Leser, sich mühelos in die Erzählerin hineinzuversetzen, unmittelbar in die Handlung einzutauchen. Zur Abrundung kommen in einigen Geschichten auch die beteiligten Männer zu Wort.

Erwarten Sie bitte nicht, dass die Geschichten sonderlich moralisch sind, nur weil sie aus weiblicher Perspektive erzählt werden. Frauen können nicht nur selbstlos verzichten oder hingebungsvoll lieben, sondern auch berechnend, gierig oder einfach nur geil sein und handeln.

Noch etwas: Anscheinend war es keiner der Frauen wichtig, „Safer Sex" zu erwähnen. Stellen Sie sich bitte dazu vor, was immer Sie wollen.

Trotzdem oder gerade deswegen: Viel Vergnügen

Marion

Der Fickbuddy

Es ist Freitag Nachmittag, ich stehe gerade unter der Dusche. Heute ist mein Geburtstag. Mein Freund Franz ist leider nicht da, er ist beruflich im Ausland unterwegs, also habe ich mir Günter, meinen Fickbuddy, zu mir eingeladen.

Franz weiß selbstverständlich von Günter. Wir sind beide Mitte 20, arbeiten beide für eine internationale Unternehmensberatung, wir sind oft wochenlang getrennt unterwegs. Franz ist mein derzeitiger Herzensmensch, wir haben einander in der Firma auf einem gemeinsamen Projekt kennengelernt, es passt viel zwischen uns. Aber wochenlange Enthaltsamkeit ist für uns beide nichts, wir gehen ganz offen damit um, dass wir auch andere Sexpartner haben.

Franz liebt dabei mehr die Abwechslung, ich habe es aufgegeben, seine Eroberungen mitzuverfolgen, auch wenn er mir immer Bilder schickt. Ich habe lieber ein bisschen mehr Konstanz, ich mag, wenn ein Mann mich schon ein wenig kennt und weiß, wie ich es gern habe. So wie Günter. Günter ist ein verkrachter Publizistikstudent, den ich irgendwann mal spät nachts in einem Café aufgelesen habe. Ein amüsanter Kerl, auch jenseits der Bettkante, für mich auch ein thematischer Ausgleich zu meinem engen betriebswirtschaftlichen Berufsfeld, der für Theater, Oper und nächtelange Diskussionen über Gott und die Welt zu haben ist. Genau genommen für alles außer Arbeit. Gut, nicht mein Problem, eher das seines Vaters, eines Unternehmers, dem es nicht weh tut, seinen Sohn auf Dauer durchzufüttern.

Als ich aus der Dusche steige, höre ich ein seltsames Geräusch, es klingt wie das Türschloss der Wohnungstüre. Ich blicke gerade in den großen Spiegel, runzle die Stirn. Nein, das kann nicht sein, niemand hat einen Schlüssel. Niemand außer Franz, doch der ist in London. Oder Hamburg. Ich bekenne, ich habe es vergessen. Ich mache also weiter, nach 20 Minuten habe ich mein langes blondes Haar so weit gebändigt, dass ich zufrieden bin, zehn weitere für das grundlegende Make-up. Nackt, wie ich bin, verlasse ich das Bad in Richtung meines Schlafzimmers. Günter soll in einer Stunde da sein, Zeit genug, noch ein bisschen beim Anziehen herumzutrödeln. Doch auf dem Weg vorbei an der Wohnzimmertüre nehme ich aus dem Augenwinkel etwas wahr, was mich augenblicklich zur Salzsäule erstarren lässt.

*

Ich setzte mein strahlendstes Lächeln auf, als Birgit an der Wohnzimmertüre stehenbleibt, als hätte sie ein Gespenst gesehen. Es sollte eine Überraschung sein, dass ich zu ihrem Geburtstag heimkomme. Es hat sich günstig ergeben, dass sie gerade in der Dusche gewesen ist, als ich in die Wohnung gekommen bin, ich hab mich einfach ins Wohnzimmer gesetzt, mir einen Drink eingeschenkt und gewartet.

„W ... w ... was machst du denn hier?", fragt sie schließlich. Ich antworte eine Weile nicht. So, wie sie aussieht, wollte sie entweder ausgehen, oder sie ist mit jemandem verabredet. Doch das soll sie mir selber erklären, ihr ist ohnehin selten etwas peinlich. „Nimm mich, wie ich bin, oder lass es", das ist Birgits Lebensmotto. Ich habe mich für ersteres entschieden. „Freust du dich gar nicht, dass ich da bin?", frage ich, stehe auf, gehe langsam mit ausgebreiteten Armen auf sie zu. „Alles Gute zum Geburtstag, meine Liebste", setze ich nach, als ich sie einfach mit den Armen umschließe, dicht an mich ziehe und ihr einen langen Kuss auf den Mund drücke.

„Schon", sagt sie, als wir uns endlich voneinander lösen und sie wieder Luft bekommt. Sie hat sich schnell wieder erfangen. „Aber in einer Stunde kommt Günter zum Vögeln, und ich freue mich eigentlich schon darauf." Ich lasse mir äußerlich nichts anmerken. Das sind die Momente, wo Birgit einfach Birgit ist. Brutal offen, absolut schamlos und amoralisch. Ich halte sie an beiden Händen, schaue ihr spöttisch in die Augen. Sie hält dem Blick stand, es ist ihr auch vollkommen gleichgültig, dass sie nackt ist.

„Eine Stunde? - Da haben wir ja noch jede Menge Zeit", sage ich ungerührt, nehme sie an der Hand und ziehe sie ins Schlafzimmer.

*

Eine halbe Stunde und zwei Orgasmen später fallen wir verschwitzt voneinander ab. Ich streichle Franz spielerisch über seine Brust, lasse meine Finger dann über seine Wange gleiten, über seine Lippen, lächle ihn an, gebe ihm mit salzigen Lippen einen Kuss auf seinen Mund.

„Und jetzt?", frage ich. „Du machst dich fertig für Günter, und ich komm morgen Mittag wieder. Bis dahin wirst du ihn ja wieder angebracht haben." Jetzt muss ich in mich hinein lächeln. „Eine Möglichkeit", sage ich darauf. „Gibt es noch eine andere?", fragt er. „Du bleibst einfach hier, und wir schauen, was passiert?"

Touché, jetzt ist es an ihm, eine Weile sprachlos zu sein. Ich rechne eigentlich nicht damit, dass er das Angebot annimmt, es sollte nur eine Art Revanche dafür sein, dass er mich vorhin aus der Fassung gebracht hat. Doch dann ist es an ihm, mich zu überraschen. „Ja, warum nicht, das könnte ganz amüsant werden. Aber frisch gefickt im Bett sollten wir ihn trotzdem nicht empfangen, oder was meinst du?"

Ich habe ein wenig Mühe, meine Überraschung zu verbergen. Doch „zurück" gibt es für mich nicht. Und zwei Burschen zum Geburtstag? „Nö", sage ich. „Lass mich zuerst duschen, ich muss mich dann noch anziehen. Du wirst mit Hemd und Hose leichter fertig." „Okay", sagt er nur. Ein Blick auf die Uhr, 20

Minuten noch, hoffentlich kommt Günter zu spät wie immer. Ich stehe auf. „Mach inzwischen hier Ordnung bitte", sage ich noch zu ihm und zische ins Bad. Rasch die Haare hochgesteckt und noch einmal in die Dusche. Darauf achten, dass wenigstens das Make-up nicht zerrinnt. Die sauber ausgeföhnten Haare kann ich eh vergessen, aber dafür habe ich schon meine Tricks Ich entscheide mich für einen Knoten, Haar vorne straff aus dem Gesicht. Ich kann es mir leisten, sage ich zufrieden zu mir selbst.

„So, jetzt du, husch in die Dusche", sage ich zu Franz, der zwar das Bett wieder in Ordnung gebracht hat, aber jetzt mit vollkommener Gelassenheit darauf sitzt und keine Anstalten macht. „Auf einmal nervös, wer ist denn sonst immer die Coole?", fragt er und grinst mich an. Ich liebe ihn zwar dafür, dass man ihn kaum je aus der Ruhe bringen kann, aber für den Augenblick ignoriere ich ihn und suche hastig meine Anziehsachen zusammen. Slip, schwarze Strümpfe, das schwarze Cocktailkleid, das gerade noch rechtzeitig gekommen ist. Ein kurzer Blick in den Spiegel, noch ein wenig dezentes Lipgloss auf die Lippen und ein bisschen Rouge auf die Backenknochen, dann bin ich schon unterwegs in die Küche. Die Tapas, die ich besorgt habe, müssen halt für drei reichen, notfalls müssen wir halt später noch etwas bestellen, wenn sich die Herren sehr verausgabt haben. Zu trinken ist genug da, ich arrangiere alles nett auf dem Wohnzimmertisch. Noch fünf Minuten. Ich stelle mich ans Fenster, noch eine schnelle rauchen.

Franz kommt herein, stellt sich neben mich, ich teile die Zigarette mit ihm. Wir rauchen beide „eigentlich" nicht. Eigentlich.

*

Kurz vor sieben. Ich steige die Stufen in dem Gründerzeitbau hinauf, in dem sie im ersten Stock wohnt. Eigentlich ist es der dritte Stock, wenn man Hochparterre und Mezzanin mitzählt. Ich bleibe eine Minute vor der Türe stehen, um nicht außer

Atem zu sein, bevor ich bei Birgit läute. Zeit, mein Spiegelbild in der stark reflektierenden Glasscheibe in ihrer Eingangstüre zu betrachten. Mein dunkelblondes Haar ist kurz geschnitten und frech gegelt, mein schlanker, hochgewachsener Körper steckt zur Feier des Tages in einem dunkelroten Hemd, schwarze Bundfaltenhose und darüber eine schicke sportliche Jacke. Ich setze mein bestes Lächeln auf, als ich ihre leichtfüßigen Schritte im Flur höre. Sie öffnet die Türe.

Obwohl sie bezaubernd aussieht, gefriert mir mein Lächeln momentan. Irgend etwas stimmt nicht, sie wirkt ein wenig angespannt. Ich folge ihrem „Hallo Günter, komm doch rein" in das geräumige Vorzimmer. „Hallo Birgit, erst mal alles Gute zum Geburtstag." Ich drücke ihr das Päckchen in die Hand, das ich für sie vorbereitet habe – sie hasst Schnittblumen, also kein Blumenstrauß – atme mein wenig bewusster ein. Ja, das ist es, der Geruch nach Sex liegt in der Luft, abgesehen von einem Hauch Zigarettenrauch.

„Danke", sagt sie und gibt mir einen dicken Kuss auf den Mund. Doch dann macht sie sich wieder frei von mir. „Du Günter, ich hoffe, du bist nicht böse, wir sind zu dritt, Franz ist überraschend aus Hamburg zurückgekommen." Sie versucht ein entwaffnendes Lächeln. Klar, dass sie da angespannt ist, denke ich, während ich kurz meine Optionen prüfe. „Nein, überhaupt nicht", sage ich schließlich und hoffe, dass es beiläufig genug rüberkommt. „Aber wenn ihr ungestört sein möchtet …".

„Nein Günter, ich möchte, dass du bleibst. Ich hab mich schon sehr auf unseren Abend gefreut." Ich überlege kurz bei mir, was das im Klartext heißen soll. Ist Birgit wirklich so cool? Noch ein Blick in ihre Augen, sie ist vollkommen offen und wirkt jetzt deutlich entspannter. Birgit meint immer, was sie sagt. Und plötzlich ist alles ganz einfach. „Ja natürlich, ich doch auch, also wenn du es auch möchtest, bleibe ich gern."

Die Erleichterung ist ihr anzusehen, ihr Ausdruck wird jetzt wieder so klar und strahlend, wie ich es von ihr gewohnt bin.

*

Ich stehe am Wohnzimmerfenster, als sie mit ihm herein- kommt. „Na dann sollte ich euch beide wohl miteinander be- kannt machen", höre ich sie sagen. „Franz, das ist Günter. Gün- ter – Franz." Ich gebe mir Mühe, ein freundliches Gesicht zu machen, gehe auf ihn zu. „Na dann, auch von meiner Seite herzlich willkommen, Günter." Klarstellen, wer der Hausherr ist. Doch dann blicke ich in Günters offene, freundliche Augen. Ein längerer Austausch von Blicken zwischen uns Männern, es braucht hier wenig Worte. „Freut mich dich kennenzulernen, Franz." Er nickt mir zu, kein Handschlag, das wäre wohl auch nicht passend gewesen.

Ich denke, ich kann die Schilde herunterfahren. Irgendwie bin ich ja auch erleichtert, dass es so ein umgänglicher fescher Kerl ist, der meine Frau vögelt. Andererseits, was hatte ich bei die- ser Frau anderes erwartet? Ich beschließe, es genauso zu halten wie offenbar er. Es ist Birgits Geburtstag, und Birgit wird uns schon wissen lassen, was sie möchte. Ich entspanne mich.

Sie ist jetzt wieder ganz strahlende Gastgeberin, als sie mit ei- nem Tablett mit drei frisch eingeschenkten Gläsern Champag- ner kommt. Wir Männer greifen nach unseren Gläsern, warten, bis sie das Tablett abgestellt hat und ihres in der Hand hält. „Cheers", sagt sie, „auf einen wunderschönen und gelungenen Abend." „Cheers", sagen wir beide fast gleichzeitig. „Auf dei- nen Geburtstag, Birgit", setzt er noch hinzu, wir trinken alle drei. „Alles Gute, Liebling", sage ich dann zu ihr und gebe ihr einen ostentativen dicken Kuss auf den Mund. „Danke, Schatz", sagt sie, doch dann lächelt sie Günter so offen auffor- dernd an, dass diese nicht umhin kann, es mir gleichzutun. „Biest", denke ich mir, als die beiden in einem innigen, viel zu langen Kuss verharren. Doch was soll's: Ich liebe sie, ganz genau so, wie sie ist.

*

„Na dann setzt euch, ich musste ein wenig improvisieren. Ich hoffe, es reicht für drei." Sie deutet mit einer Geste zu ihrem kleinen Esstisch. Es ist wirklich nicht viel, ich hab das eigentlich als kleine Stärkung für nach der Fickerei mit Günter gedacht. Ich beobachte, wie sich die beiden an den Tisch setzen. „Bleiben wir bei Champagner, oder mögt ihr Bier oder Wein?" „Nein, Champagner ist okay, hast du nur ein wenig Wasser dazu?" Ich gehe noch rasch in die Küche und kehre mit einer Flasche Mineralwasser und ein paar Gläsern zurück. Ich versuche den Augenblick zu nutzen und die Atmosphäre zwischen den beiden Männern abzuchecken.

Sie wirken beide abwartend. Klar, denke ich, die archaischen Muster sind verletzt. Eigentlich sollten sie jetzt einen Kampf austragen, und der Sieger kriegt mich, seine Gene weiterzugeben. Doch stattdessen sitzen sie beide hier und machen gute Miene zum bösen Spiel, weil sie nicht wissen, was ich vorhabe, und keiner die Initiative ergreifen kann. Ich lächle in mich hinein, wenn frau es richtig anstellt, ist es schon geil, Frau zu sein. Solange sie sich nicht in moralische Zwänge verstrickt, so wie die Generation unserer Mütter. Meine weiß viel über diese Dinge, aber es fehlt ihr der Mut, die Schranken ihrer Ehe mit meinem Vater zu überschreiten. Aber immerhin, sie lebt mit mir mit und freut sich an meinen Erzählungen, wir haben viel Spaß dabei.

Ich stelle das Wasser und die Gläser auf den Tisch. „Na dann, greift zu, und bei den Getränken bedient euch selbst." Da die beiden keine Anstalten machen, ein Gespräch zu beginnen, helfe ich nach. „Na Franz, wir sind noch gar nicht dazu gekommen, wie war es in Hamburg?" Männer brauchen einfach einen Katalysator, denke ich nach ein paar Minuten. Die beiden haben tatsächlich begonnen, aneinander Interesse zu zeigen und sich auszutauschen. Ich schenke den Rest des Champagners nach. Ich brauche sie zwar nicht besoffen, aber ein bisschen lockerer müssen sie noch werden. Und ich weiß auch schon, wie ich das anstelle.

*

Die Tapas sind aufgegessen, das Gespräch plätschert dahin. Ich finde Franz mittlerweile ganz sympathisch. Aber eigentlich bin ich nicht hergekommen, um mit ihm und unserer gemeinsamen Freundin bei gutem Alkohol zu versumpfen. Also, nicht nur. Draußen ist es mittlerweile schon dunkel geworden, es ist noch früh im Jahr, die Sommerzeitumstellung liegt noch vor uns, auch wenn es ein milder Abend ist.

Wir blicken beide gespannt auf Birgit, als sie aufsteht und kurz in der Küche verschwindet. Irgend etwas liegt in der Luft, doch wir wissen beide noch nicht recht, was. Kurz darauf ist sie mit einer guten Flasche Port zurück. „Franz, schenkst du uns bitte ein? - Macht es euch schon mal auf dem Sofa gemütlich, ich bin gleich bei euch." Wir folgen ihrer Aufforderung, Franz macht sich mit Flaschen und Gläsern zu schaffen, ich beobachte sie derweil. Sie hat mittlerweile für gedämpftes Licht im Raum gesorgt, aus der Stereoanlage plätschert leise angenehme Hintergrundmusik.

Als sie auf uns zukommt, hat sie eine kleine Blechdose in der Hand. „Habt ihr hier noch Platz für mich?", fragt sie, wir rücken ein wenig auseinander und lassen sie in die Mitte, in die Ecke des Ecksofas. „Erst mal – prost, und noch einmal auf deinen Geburtstag", sagt Franz, wir nehmen die bereits eingeschenkten Portweingläser, stoßen noch einmal an und nehmen einen Schluck.

Sie öffnet die Dose. „Mögt ihr?", fragt sie pro forma, wartet die Antwort nicht ab und beginnt konzentriert, ein Tütchen zu drehen. Es ist nicht das erste Mal, dass sie mit mir kifft, und auch

Franz scheint damit vertraut zu sein. Wir schauen ihr fasziniert zu, wie geschickt sie mit dem Material hantiert, bald ist ein perfekter Joint fertig. Sie zündet ihn an, nimmt einen tiefen Zug, lehnt sich entspannt zurück, legt ihre langen schlanken Beine breit auf den Couchtisch und reicht die Tüte an mich weiter. Ich ziehe langsam und vorsichtig an, inhaliere den schweren Rauch, lasse ihn langsam wieder aus dem Mund entweichen und genieße die sich fast augenblicklich einstellende Leichtigkeit. Ich gebe das Gerät an Franz weiter.

Birgit wartet, bis die Tüte einmal herum und wieder bei ihr ist, nimmt noch einen tiefen Zug. „Ich möchte euch heute Nacht beide bei mir haben. Erfüllt ihr mir diesen Wunsch zu meinem Geburtstag?" Eine Weile ist Stille im Raum. Es ist ja nun nicht so, dass das nicht irgendwie im Bereich des Möglichen gewesen wäre, aber die Selbstverständlichkeit, mit der Birgit sich ihre Freiheiten nimmt und einfach über ihre Bedürfnisse spricht, lässt Franz momentan offenbar ebenso nach Luft schnappen wie mich. „Wenn Franz auch einverstanden ist, bin ich gern dabei", sage ich schließlich. Ich stehe nicht auf Kerle, aber es wäre nicht mein erster Dreier, ich habe keine Berührungsängste. Franz nimmt noch einen tiefen Zug aus dem Joint, schaut erst mir, dann ihr kurz in die Augen. „Gern, Liebling", sagt er dann nur. Er reicht mir den Joint, auch ich nehme noch einen letzten Zug, lege ihn dann in den Aschenbecher, er hat wohl seine Schuldigkeit getan. Wir können die Frau zwischen uns vor Erregung vibrieren spüren.

*

Schon allein, dass das so gut geklappt hat, macht mich geil. „Na dann, Konsens von meiner Seite, keine Limits", sage ich, lehne mich gemütlich auf dem Sofa zurück, mache meine Beine ein bisschen breiter und warte ab. Jetzt ist Initiative und Phantasie der Herren gefragt. Lucieelectrics „Mädchen" kommt mir kurz in den Sinn.

Ich muss nicht lange warten. Von beiden Seiten berühren mich Hände, erst zärtlich und vorsichtig, dann ein wenig forscher. Macht es sich bezahlt, dass mich beide schon recht gut kennen, oder sind die beiden so einfühlsam? Nach einer kurzen Weile wirken sie auf mich bereits synchron und koordiniert, ich merke, dass sie über mich hinweg Blicke austauschen. Sensible Männer können das also auch. Ich schmunzle ein wenig, schließe die Augen und lasse mich treiben.

Ich hebe willig die Arme als mich nach einer Weile einer der beiden sanft von meinem Kleid befreit. Wenig später gleitet mein Slip meine Beine entlang. Ich träume weiter, lasse mich treiben in diesem Ozean der auf- und abschwellenden Lust, noch weit entfernt von der Ekstase, und doch ziehend, fordernd, mein Atem geht schneller und tiefer.

Irgendwann finde ich mich mit dem Kopf in Franz Schoß liegend, der zärtlich mit meinen Nippeln spielt, während Günter seine Lippen quälend langsam mein Bein hinaufbewegt, bis er erst den Rand des Strumpfes erreicht und meine nackte Haut direkt berührt, dann eine gefühlte Ewigkeit später zum Zentrum meiner Lust vordringt, erst an meinen Schamlippen knabbert, was herrlich geil kribbelt, bis er schließlich mit der Zunge meine Klit stimuliert, sie dazwischen immer wieder einmal einsaugt.

Die Atmosphäre hat sich merklich entspannt, die beiden Burschen scheinen mittlerweile an der Situation auch Gefallen gefunden zu haben.

*

Ja, ich gebe es zu, dass ich sie vorher schon gefickt habe, macht die Situation für mich einfacher. Aber abgesehen davon ist das gemeinsame Spiel mit Günter erstaunlich reizvoll. Schon deswegen, weil Birgit unglaublich schön ist, wenn sie erregt ist und das auch offen und schamlos zeigt. Sie war schon mehrmals „knapp dran", und wenn dir die eigene Frau dabei geil in die Augen schaut, wenn ein anderer sie auf kleiner Flamme köchelt …

Plötzlich hebt sie ihren Kopf. „Jetzt fick mich endlich", sagt sie in Günters Richtung. Der richtet sich ebenfalls auf und antwortet ungerührt: „Dann gehen wir aber rüber, ist doch gemütlicher." Er steht auf, reicht ihr die Hand, sie erhebt sich unendlich elegant und die beiden ziehen ins Schlafzimmer ab.

Ich überlege, ob ich bleiben oder den beiden folgen soll. Doch die Versuchung ist zu groß, ich streife noch den Rest meiner Kleidung ab und gehe ihnen dann ohne Hast nach.

Dennoch bin ich nicht wirklich vorbereitet. Sie liegt unter ihm, die Beine breit und um ihn geschlungen, sie sind in einem zärtlichen, innigen Liebesspiel vertieft, bemerken mich wohl nicht. Es gibt mir einen Stich tief in die Seele, mit ansehen zu müssen, dass sie dieselbe Leidenschaft, die ich an ihr so liebe, auch mit einem anderen zu teilen bereit ist. Und doch stellt sich gleichzeitig ein zweites Gefühl ein: Erregung, starke sexuelle Erregung. Gesteigert durch das Bewusstsein, dass ich vollkommen nackt dastehe und diese für jedermann sichtbar ist.

Ich kann nicht anders als näherzutreten, dieses – ja, man muss es zugeben – wunderschöne Paar genauer zu betrachten, ihnen bei ihrem intensiven Spiel zuzusehen. Und da geschieht es: Birgit bemerkt mich. Und Birgit schafft, was ich nicht für möglich gehalten hätte: Sie bindet mich augenblicklich emotional in ihr Spiel ein. Sie sieht mich immer wieder an, der Ausdruck ihrer Augen ist für mich plötzlich offen wie ein Buch, ich kann ihre Empfindungen mühelos lesen, ihre Erregung, ihre Lust fast körperlich spüren. Und plötzlich fühle ich, wie sich ihre Hand in die meine schiebt. Die nächsten Minuten sind wir praktisch eins, während sie sich von Günter ficken lässt und eine Serie von Orgasmen genießt, bis er sich schließlich mit lautem Stöhnen tief in sie ergießt.

*

Günter ist von mir heruntergerollt, ich keuche und atme heftig, ich bin verschwitzt und meine Spalte läuft über. Aber der Rapport zu Franz ist immer noch da, intensiv wie nie. Mein Blick fällt auf seine offen sichtbare Erektion. „Komm", sag ich leise zu ihm.

Er zögert nur kurz, seine Geilheit gewinnt die Oberhand. Und es währt nur kurz, er ist zu stark erregt. Eine Minute später ergießt auch er sich in mich, wir klammern uns aneinander wie Ertrinkende.

Dann beginnen wir zu reden. Günter hat schon davor bemerkt, dass er gerade stört, und ist gegangen. Sagte ich schon, dass ich sensible Männer schätze?

*

Ich stehe am Wohnzimmerfenster und rauche. Ich habe mir nicht die Mühe gemacht, mich anzuziehen. Die beiden brauchen jetzt wohl ihre Zeit. Ihre Beziehung wird wohl nie wieder dieselbe sein wie vorher, auch meine zu Birgit wird sich verändern. Doch das muss kein Nachteil sein, denke ich, die Freiheit, die uns die heutigen Möglichkeiten zur Selbstbestimmung von Empfängnis geben, wird mit der Zeit neue Formen positiver Sexualität mit sich bringen. Die exklusive Paarbindung wird dadurch zu einer Wahl, es mag viele andere geben.

Als die beiden schließlich ins Wohnzimmer kommen, beide ebenfalls nackt, ist die Veränderung zum Greifen. Es fühlt sich vollkommen natürlich an, dass Birgit uns beide an den Händen nimmt, es braucht keine Worte, dass ich mit Franz den Kreis schließe. „Willkommen in unserer Beziehung, Günter", sagt Birgit in ihrer direkten, aber herzlichen Art. Zerreden ist das ihre nicht. Ich schaue kurz zu Franz, sein Blick ist warm und herzlich. „Danke euch beiden, ich nehme das gern an", sage ich, gebe erst Birgit einen dicken Kuss und blicke dann etwas

unsicher zu Franz. Er öffnet seine Arme, unsere Wangen berühren sich. Es fühlt sich echt und herzlich an.

„Jetzt aber mal in die Dusche", sagt Birgit schließlich.
„Kommt, sie ist groß genug für drei."

Im Hotel

Die Sache ist mittlerweile schon zur Routine geworden: Mit dem Wagen in die Abfahrt zur Tiefgarage einbiegen. Ein Ticket ziehen, den Wagen in der Nähe vom Lift parken. Noch 20 Minuten, Zeit genug. Mein Outfit ist unauffällig, Jeans, ein Blazer über dem Top, flache Schuhe. Ich nehme den kleinen Trolley aus dem Kofferraum, greife nach meiner Handtasche, schließe sorgfältig ab und fahre mit dem Lift in die Lobby des unauffälligen Mittelklassehotels.

Ein kurzer Blick auf die Notizen im Smartphone: Welchen Namen verwende ich hier? Nicht, dass es einen großen Unterschied macht, aber es ist einfacher, einen bereits registrierten Namen zu verwenden, man spart sich das Ausfüllen eines zweiseitigen Fragebogens. „Katharina N.", sagte ich und lasse meine Stimme beiläufig klingen, „ich habe reserviert." Der junge Mann schaut kaum auf, als er den Namen in den Computer tippt. „Ah ja, Sie bleiben nur über Nacht, Frau N.?" „Ja wie immer", nicke ich. Alles Routine. Der Drucker beginnt zu surren und spuckt ein einzelnes A4-Blatt aus. „Hier bitte unterschreiben. Macht dann 69, zahlen Sie gleich?" Ich nickte und zücke die Geldbörse. „Ich zahle bar." Ich lege zwei Scheine auf den Tresen. „Stimmt so." Der junge Mann sieht mich das erste Mal richtig an. Trinkgeld scheint man hier nicht gewöhnt zu sein. Er lächelt mich an, bevor er wieder ein paar Tasten auf seinem Computer drückt. Der Drucker surrt wieder. „Ihre Rechnung, Frau N., und die Schlüsselkarte. 526 ist im 5, Stock. Einen angenehmen Aufenthalt."

„Danke". Ich stecke die Rechnung achtlos in die Handtasche und ziehe meinen Trolley in Richtung der Aufzüge. Dränge mich mit ein paar schnatternden Touristen in eine Kabine. Endlich, 5. Stock. Den nichtssagenden langen Gang entlang. Karte auf das Schloss, klack! Das Zimmer bietet keinerlei Überraschungen: Helle Wände, Teppichboden, ein Doppelbett, Fernseher, Nasszelle, ein Kasten, ein kleiner Tisch, eine Kofferablage. Ich lege den Trolley auf die Ablage und öffne ihn. Noch 15 Minuten. Rasch schlüpfe ich aus meinen Sachen. Ein Blick in den Spiegel, alles perfekt so weit, duschen und rasieren habe ich schon zu Hause erledigt. Ich überlege kurz: Mein erster Gast wird ein alter Bekannter sein, der auf allzu aufwändiges Outfit ohnehin keinen Wert legt. Für ihn wäre ganz nackt auch fein, aber darauf habe ich heute keine Lust. Also Seidenstrümpfe, das mag er. Hochhackige Schuhe, das mag ich, die lassen meine langen Beine noch länger und schlanker aussehen. Und oben? Ja, das hier, ein schwarzes Korsett, das unter meinen recht schweren Brüsten endet und diese zwar stützt, aber frei lässt. Ideal für ihn, das erspart ihm die Mühe, mir irgendwelche Teile auszuziehen.

Rasch noch die Decken vom Bett, die stören nur. Ein paar Spritzer Parfum, ein letzter Blick in den Spiegel, mein dunkles, ein wenig ins Kastanienrot gehendes Haar fällt weich über meine Schultern. Noch ein paar Minuten. Ich bin jetzt Christin, seit zehn Jahren „Mitte 30" und „dauergeil". Rasch eine Nachricht mit der Zimmernummer ins Mobiltelefon getippt. Er ist meistens pünktlich.

*

Endlich, das Signal des Messengers. Wie meistens bin ich ein paar Minuten zu früh. Ich möchte Zeit haben, den Wagen zu parken, den Alltag ein wenig abzuschütteln, einzutauchen in diese faszinierende Welt. Warum ich herkomme, warum ich zu solchen Damen gehe wie Christin? - Die Antwort ist ganz einfach: Wenn ich gelegentlich mehr will als meinen Beziehungssex, ist das hier das gelindeste Mittel. Das Geld schafft einen Ausgleich, man zahlt damit statt mit Bindung. Ein fairer Deal, für beide Seiten, und wenn es auch noch beiden Spaß macht?

Ich gehe aus der Garage zum Lift. Im Hotel heißt die Devise „immer in Bewegung bleiben". Niemand lungert in einem Hotel auf den Gängen herum, das fällt auf, ich wurde schon einmal vom Personal angesprochen. Der Lift kommt, 5. Etage. Ich habe Glück, er fährt durch. Die Wegweiser führen mit rasch in den richtigen Flur, noch fünf Türen entfernt, ich gehe am Putzwagen des Zimmerservice vorbei, das Mädchen grüßt, beachtet mich aber nicht. Ah, hier …

*

Zäh rinnen die Minuten. Es erstaunt mich, dass die Anspannung in dieser Zeit am größten ist, auch bei guten alten Bekannten. Ich fühle mich wie eine Schauspielerin, die vor dem Beginn der Vorstellung schon in den Kulissen wartet, bis im Zuschauerraum endlich das Licht ausgeht. Lampenfieber? Ist das, was ich tue, nur gespielt? Ich horche genauer, als ich Schritte am Flur höre. Laute Stimmen, Lachen. Sie werden wieder leiser, eine Gruppe geht wohl vorbei. Da plötzlich, es klopft. Noch einmal durchatmen.

Ich öffne, bleibe hinter der Türe. Er tritt rasch ins Zimmer, ein Kuss auf den Mund., „Hallo, wie geht es dir?", fragte ich ihn wie jedes Mal. „Nur gut, jetzt wo ich dich wieder einmal sehe. Ist schon eine Weile her." Die Anspannung fällt vollkommen von mir ab, das Spiel hat begonnen. Ich weiß, was ich tue, fühle mich frei und leicht.

Er hängt seine Jacke auf die Garderobe, sieht sich im Zimmer um. Nicht, dass es etwas Besonderes zu entdecken gibt. Müssen Männer ihr Revier sichern? Ich schmunzle innerlich. „Ich gehe noch schnell ins Bad", sagt er, und zieht sich ohne weitere Umstände aus. Bald plätschert die Dusche. Er ist nett, denke ich, aber für Raffinesse und Inszenierung scheint er wenig übrig zu haben. Oder müsste ich? Ich denke zurück, er hat auf diesbezügliche Versuche kaum reagiert. Egal. Ich gehe derweil zum Zimmerfenster und lehnte mich rücklings mit leicht gespreizten Beinen gegen die Fensterbank. Doch ein bisschen Inszenierung.„Scham?", denke ich plötzlich. Scham habe ich wegen meiner Blöße nie empfunden, im Gegenteil, es macht mich heiß, wenn die Männer mich erst anstarrten, wie wenn sie Witterung aufnehmen, mich ins Visier nehmen, auf mich zukommen, mich in Besitz nehmen. Ich spüre, wie ich im Schritt ein wenig feucht werde, meine Nippel sich versteiften. Ich genieße das sanfte Prickeln, das meinen Körper durchströmt, und warte geduldig.

*

Schnell in die Dusche, ich komme nicht direkt von zu Hause. Das bin ich der Dame schuldig. Ich verweile ein wenig unter dem warmen Strahl, seife mich noch einmal gründlich ab, greife nach einem frischen Badetuch. Rasch abtrocknen. Sie sieht heute wieder großartig aus, das Korsett muss neu sein. Ich trinke noch ein Glas Wasser, dann lege ich das Badetuch für nachher auf dem Waschbecken bereit und gehe zurück ins Zimmer.

Sie hat einen gewissen Sinn für Inszenierung, denke ich mir immer wieder. Heute lehnt sie mit dem Rücken zum Fenster, die Strümpfe und Heels betonen ihre langen schlanken Beine, ihre blanke Scham ist unbedeckt, was sie nicht im geringsten zu stören scheint. Ich lächle, gehe nackt, wie ich bin, langsam auf sie zu ...

*

Schließlich kommt er aus dem Bad. Nicht allzu groß und ein wenig untersetzt, hinter seiner Brille glitzern seine blaugrauen Augen wach. Er blickt zu mir herüber, offenbar gefällt ihm, was er sieht, lächelt mich an. Ein Handtuch hat er sich erst gar nicht umgebunden, er ist vollkommen nackt. Ich erwidere sein Lächeln aufmunternd, öffne meine Arme weit, als er auf mich zukommt. Ich liebe diesen Augenblick, die erste Berührung, seine Hände an meine breiten, femininen Hüften, lege ihm sachte meine Hände auf die Schultern. Wir schauen einander in die Augen, verschmelzen in einem langen zärtlichen Kuss. Ich liebe es zu küssen, ich habe nie verstanden, warum manche Frauen ausgerechnet diesen Teil der Intimität ausgrenzen. Ich lasse mich ohnehin ganz auf die Männer ein, die bei mir zu Gast sind. Alles andere wäre doch widersinnig, denke ich, schließlich muss ich das nicht tun. Ich schaudere ein wenig, wie seine Hand erst über meinen nackten Po streicht und mir dann zwischen die Beine fasst.

Schließlich lösen wir den Kuss. „Machen wir es uns gemütlich", sagt er, und sie folge ihm auf das große Bett, wo er es sich zunächst entspannt auf dem Rücken ausstreckt. Ich kenne ihn gut genug, um zu wissen, was er jetzt will. Auf Händen und Knien krieche ich zu ihm auf das Bett und schiebe mich langsam über seinen Körper. Sein Kopf liegt auf zwei Kissen erhöht, er beobachtet mich, wie ich mich mit Mund und Händen an seinem Schwanz, seinen Eiern, seinen Nippeln zu schaffen mache. „Wenn du es tust, tu es ganz", sagte ich zu mir selbst, als sich kurzzeitig ein merkwürdig leeres Gefühl einstellt. Ich schiebe es rasch beiseite, achte stattdessen darauf, gelegentlich Blickkontakt mit ihm zu halten und konzentriere mich für den Augenblick ganz darauf, den Funken seiner Erregung zu wecken und behutsam immer weiter anzufachen, seine beginnende Erektion sachte zwischen meine Lippen einzusaugen, seine Eichel mit meiner nassen Zunge zärtlich zu umspielen, mit meinen Händen bald seine Eier, bald seine Nippel behutsam zu berühren, bisweilen auch ein wenig fester zuzupacken und jene kleine Prise Schmerz in seine Lust einzustreuen, von der ich herausgefunden habe, dass sie seine Erregung nahezu augenblicklich ins Unermessliche steigert.

Vorsichtig streckt er seine Hand aus, ich muss mich jetzt zwingen, nicht zusammenzuzucken, als er zärtlich mein Haar, meinen Kopf berührt. Doch ich kann ihm vertrauen, bis jetzt ist er niemals grob gewesen, hat jede Grenze intuitiv respektiert, die ich ihm so behutsam wie möglich aufgezeigt habe. So lasse ich es zu, dass er mich eine Weile sachte führt, seine Finger sanft durch mein Haar gleiten, während er bereits vor Erregung leise stöhnt. Schließlich legt sich seine Hand zärtlich erst auf meine Wange, dann unter mein Kinn. Ein langer Blick, dann folge ich seiner Bewegung, schiebe mich ganz auf seinen Körper, biete ihm meine feuchten, salzigen Lippen zu einem nassen Kuss. Ich genieße das geile Ziehen, das sich in meinem Unterleib mehr und mehr ausbreitet. Unsere Zungen spielen miteinander, meine blanke Spalte reibt gegen seinen Oberschenkel, sein steifer Schwanz drückt bereits hart gegen meinen Unterbauch. Ich winde mich ein wenig auf ihm, fühle, wie seine Arme mich zärtlich umfassen, spüre den sachten Berührungen seiner Fingerkuppen nach, die meine Wirbelsäule langsam auf und ab gleiten.

Ich will jetzt der Versuchung nicht mehr länger widerstehen, spreize meine Beine, gleite ganz auf ihn und fange seinen Schwanz routiniert mit meiner bereits nassen Spalte ein. Ein wenig Zeit lassen, die Woge der Erregung auskosten, die die Penetration in mir auslöst. Mit langsamen, sachten Bewegungen zu ficken beginnen. Er reagiert, lässt sich auf meine Bewegungen ein, ich beginne sanft das Spiel mit ihm. Ich stütze mich ein wenig auf seinen Schultern ab und blicke ihm genau in die Augen, in denen sich seine zunehmende Erregung widerspiegelt. Er ist bestimmt kein Sub, aber bisweilen erregt es ihn, wenn ich, die Frau, die Initiative übernehme. Ich schenke ihm ein kleines Lächeln, als er meinen fragenden Blick mit einem unmerklichen Nicken beantwortet. Gut, ich richte mich also auf, werfe ihren Kopf ein wenig übermütig in den Nacken und beginne ihn zielstrebiger zu reiten. Gelegentlich greife nach einem seiner Nippel und kneife relativ hart hinein, während er sich unter mir immer mehr anspannt, sein leises Stöhnen immer lauter wird und er sich schließlich mit einem letzten Aufbäumen in mich ergießt. Ich konzentriere mich ganz auf ihn, fühle tief in mir, wie sein Schwanz erst anschwillt …

*

Ich lasse mich einfach treiben. Christin kennt mich gut genug, sie weiß sehr genau, was ich will, wie sie mich erregt. Es ist wie auch sonst im Leben: Mit der gegenseitigen Vertrautheit steigt die Qualität des Sex. Und wie schon Goldmund bei Hermann Hesse, so habe ich auch festgestellt: Jede Frau hat ihr kleines Extra. Das Extra, das auch mich jetzt gleich zukommt, nachdem ich mich in sie ergossen haben werde, ist etwas speziell. Was aber nichts daran ändert, dass mich der Gedanke daran unglaublich aufgeilt. Dennoch zögere ich den Fick noch ein wenig hinaus, koste die Bewegungen in ihrer weichen nassen Spalte noch ein wenig aus, bevor ich die Selbstkontrolle loslasse und sie ein paar Sekunden später heftig vollspritze.

*

Einige Minuten später sitze ich entspannt auf dem Bett, den Rücken gegen das Betthaupt, die Beine weit gespreizt. Er liegt bäuchlings vor mir und widmet sich mit Lippen und Zunge hingebungsvoll meiner frisch besamten Spalte. Ich sinniere eine kleine Weile über die Kunst, ihm seine eigenen Wünsche als die meinen zu verkaufen: Wenn er mich vollspritzt, muss er auch für das Saubermachen sorgen. Meine Gedanken treiben kurz zurück zu jenem Tag vor vielen Jahren, wo ich das einmal halb im Scherz von ihm verlangt habe. Ich muss wieder schmunzeln. Nun bin ich es, mit der Hand zärtlich durch sein Haar fährt, ihn ein wenig führt. Ich lasse mich in diesem Augenblick ganz auf sein Spiel ein, lasse meiner Erregung freien Lauf. Er kennt mich gut, er weiß genau, was er tut, und: Er tut es gern, es erregt ihn. Ich kralle mich also mit der Zeit immer fester in sein Haar, lege schließlich ihre Beine um seinen Körper und kreuze die Knöchel über seinem Gesäß, während ich die schier endlosen Wogen der erst sanften, dann immer intensiver werdenden Orgasmen genieße, die meinen Körper angenehm durchfluten. Einfach den Augenblick genießen, in dem ich ganz aus meiner bürgerlichen Existenz, meiner Rolle als

Partnerin und Mutter heraustrete und die Geilheit genießen kann, vollkommen losgelöst von Zeit und Raum.

Endlich gebe ich ihn frei, blicke zu ihm hinunter, unsere Augen begegnen einander in vollkommenem Verstehen. Sein Gesicht ist nass und verschmiert von unser beider Säften, doch in seinem Ausdruck ist in diesem Augenblick vollkommenes Glück. Und Geilheit Nun, er ist der Gast, Zeit, wieder an ihn zu denken. „Na, noch nicht genug?", frage ich ihn neckisch, er antwortet mit einem dankbaren Lächeln. Es bedarf keiner weiteren Worte.

*

Ich fühle mich in diesem Augenblick frei und leicht. Ich kann nicht beurteilen, ob sie sich auf den Fick mit mir bis hierher voll eingelassen hat oder mir etwas vorgespielt hat. Vermutlich ersteres, aber es ist eigentlich gleichgültig, wenn sie es so perfekt spielt, dass man den Unterschied nicht bemerkt. Ich lasse mich auf den Rücken rollen, ihren Geschmack noch in Mund und Nase, und atme ein paarmal tief durch. Wir halten einander an den Händen, plaudern eine Weile über Belanglosigkeiten. Doch sie spürt, dass ich heute noch nicht genug habe, und sie weiß, was ich gerne möchte. Ich lächle und lasse jetzt einfach sie machen.

*

Bald liegt er wieder bequem ausgestreckt auf dem Rücken, seine Hände locker hinter seinem Kopf. Anfangs habe ich ihn noch mit Seidentüchern am Betthaupt fixiert und seine Augen verbunden, doch mittlerweile braucht er das nicht mehr: Im Gegenteil, es scheint ihn besonders zu erregen, dass es nur auf seine eigene Willenskraft ankommt, sich ganz hinzugeben. Kurz geht mir der Widerspruch zwischen Dominanz und Dienen durch den Kopf, doch ich schiebe den Gedanken beiseite: Ich muss mich jetzt voll konzentrieren.

Eine Weile knie ich einfach nur neben ihm auf dem Bett, betrachte seinen nackten Körper. Er ist ein gepflegter Mann und nicht unhübsch, vielleicht ein wenig zu untersetzt, aber ich mag seine bestimmte Ruhe und Besonnenheit, seine Fähigkeit, gleichermaßen zu geben wie zu nehmen. Was jetzt kommt, ist ausschließlich für ihn. Endlich berühre ihn sachte am Oberschenkel und in der Nähe seines Nippels. Er stöhnt leise, lasse mir bewusst Zeit für einen langen kontrollierenden Blick. Teil des Spiels. Meine Hand gleitet langsam höher, bis sie seine Eier erreicht. Ich umschließe die beiden Bälle mit ihren Fingern, drückte nur ein wenig zu, beobachtete aufmerksam seine Reaktion. Die Intensität, die er gerade erlebt, ist für mich unerreichbar und nicht nachvollziehbar. Es erregt ihn wohl auch mehr, was ich tun könnte, als was ich wirklich tue. Mehr als einmal habe ich seine Grenzen berührt, der Grat ist schmal. Sein Schwanz versteift sich sichtbar, mit der anderen Hand umschließe ich behutsam seinen Nippel, drücke vorsichtig und wohldosiert meine langen Nägel in sein Fleisch. Er stöhnt leise, doch seine Disziplin und Selbstbeherrschung reicht vollkommen, sich nicht zu bewegen. Ich warte eine Weile, bevor ich wieder locker lasse.

Bei diesem Spiel bin ich vollkommen auf meine Intuition angewiesen. Ich selbst habe panische Angst vor Schmerzen und empfinde dabei keinerlei Lust. Eine Weile benutze ich nur ihre Hände, mit ihm zu spielen, leichte und stärkere Wellen des Lustschmerzes durch seinen Körper zu jagen, der sich immer wieder anspannt. Ich achte auf ausreichend Pausen, um ihn wieder zu entspannen, ein simpler Wadenkrampf würde den Bogen des Spiels wohl unwiederbringlich zerstören. Schließlich wende ich mich seinem Schwanz zu, wichse ihn ein wenig, ziehe die Vorhaut endlich ganz über die vor Wollust schon glänzende Eichel hinunter. Beuge mich über ihn, der intensive Geruch seiner Lust füllt augenblicklich meine Nase, lasse seinen Schwanz langsam in meinen Mund gleiten. Meine rechte Hand liegt immer noch an seinem Nippel, der mittlerweile hart und rot aufragt. Ich begann ihn sanft zu lutschen, drücke seine Eichel immer wieder mit der Zunge gegen meinen Gaumen, lasse ihn dann wieder ganz aus ihrem Mund gleiten, blase sachte auf seine nasse Spitze. Ich spüre, wie er unter mir schaudert. Ich könnte ihn jetzt wohl jederzeit auslösen, doch das hat noch Zeit. Ich spiele mit seiner Lust, bringe ihn immer wieder an die Grenze, doch ich kenne ihn gut genug, jenen Punkt nicht zu überschreiten, an dem auch ein erfahrener Mann die Kontrolle verliert.

Wir kommen schließlich zu dem Punkt, wo es genug ist. Sein Körper verkrampft sich mehr und mehr, er schafft es nicht mehr, sich dazwischen ganz zu entspannen. Ich intensiviere also das Spiel, grabe meine Nägel wieder tief in das Fleisch seines Nippels, fasse ihn hart an den Eiern und blase ihn gleichzeitig intensiv. Es dauert nicht einmal eine Minute, bis er unter mir aufstöhnt, laut aufschrie und sich unter heftigem Zucken in meinen Mund ergießt.

Ich warte eine kleine Weile, bis er sich ein wenig entspannt hat, behalte seinen Samen in meinem Mund, dann schiebe ich mich wieder auf ihn, umarme ihn und biete ihm ihre salzigen Lippen zum Kuss. Gehorsam öffnet er seine Lippen weit, ich lasse sein Sperma langsam in seinen Mund tropfen. Er schluckt alles, dann umschlingt er auch meinen Körper mit seinen Armen, fast hilflos, wie ein kleines Kind, klammert er sich minutenlang an mir fest.

*

Langsam komme ich wieder zu Atem. Die Intensität des eben Erlebten wirkt noch in mir nach, ich fühle mich jetzt vollkommen entspannt und befriedigt. Die Gedanken driften langsam aus der Unwirklichkeit der Situation wieder heraus, greifen nach dem Alltag, nach den Dingen, die heute noch zu tun sind. Ein wenig Smalltalk noch mit ihr, die eingestreute Frage nach der Uhrzeit. Im Grunde ist es vorbei, ich sehne mich bereits nach der Dusche. Sie gibt mich frei, ich setze mich auf dem Bett auf, warte, bis das leichte Schwindelgefühl weg ist. Dann wieder ins Bad, frisch machen, anziehen, den Alltag wieder überstreifen.

Ach ja, eins noch. Diskret lege ich ihr zwei Geldscheine auf den kleinen Tisch. Sie lächelt, bedankt sich, bringt mich noch zur Türe. Es ist, wie wenn ich durch ein Portal in eine andere Wirklichkeit treten würde. Die Türe schließt sich hinter mir, ich bin wieder in meiner bürgerlichen Existenz angekommen.

*

Ich bemerke seine zunehmende Unruhe, gebe ihn frei. Es ist vorbei, wir schlüpften beide flugs wieder in unsere eigentlichen Rollen. Nacktheit ist uns beiden nicht peinlich, aber wir halten jetzt wieder Distanz, bleiben noch eine Weile auf dem Bett liegen, plaudern über Belanglosigkeiten. Wie erwartet, wird er bald ungeduldig, steht rasch aus dem Bett auf. 10 Minuten später ist er geduscht, angezogen und hat sich mit einem flüchtigen Kuss – „bis zum nächsten Mal" – verabschiedet.

Ich bleibe noch eine Weile auf dem Bett liegen und blättere im Messenger meines Smartphones herum. Noch eine Stunde, bis der nächste Gast kommt, Zeit genug. Ein neuer, man wird sehen. Erst frisch machen, ich lasse meine Sachen auf den Boden fallen, gehe nackt ins Bad und trinke erst einmal zwei Becher klares, kaltes Wasser.

Cuckold, Hotwife, Bull

„Es ist wieder einmal so weit, mein Schatz, nächsten Samstag haben wir ein Date." Die Stimme meiner Frau Vicky klingt beiläufig, wir sitzen gerade auf unserer Terrasse, sie blättert schon eine Weile auf ihrem Tablet Computer herum.

Aber ich denke, ich muss ein wenig ausholen. Meine Frau und ich sind jetzt über zwanzig Jahre verheiratet. Sie ist 15 Jahre jünger als ich, sie war kaum 18, als sie nach einer heftigen Urlaubsaffäre mit mir plötzlich schwanger war. Sie wollte das Kind unbedingt bekommen. Auch wenn wir anfangs nicht zusammen lebten: Wir nahmen unsere gemeinsame Elternschaft sehr ernst, unsere Beziehung entwickelte sich in diesen Jahren zu einer Art von Kameraderie und Seelenverwandtschaft, die ein deutlich stabileres Fundament einer echten Lebensbeziehung darstellt als bloß das Zusammenleben und sexuelle Treue.

Als unsere Tochter in die Schule kam, haben wir in aller Stille geheiratet. Unsere berufliche Situation ermöglicht es uns, uns den Traum von gemeinsamem Wohnen mit ausreichend Freiraum zu verwirklichen. Ein alter Bauernhof nicht allzu weit von der Stadt, genügend Grund, um die Neugier der Nachbarn im Zaum zu halten, genügend Wohnraum, um einander die nötige Freiheit geben zu können und dabei noch genug für die gemeinsame Lebensgestaltung übrigzuhaben. Unsere Tochter ist jetzt 21 und Studentin, wir haben ihr eines der leerstehenden Nebengebäude am Hof großzügig adaptiert, sie kann hier ihr eigenes Leben führen und doch in unserer Nähe bleiben.

Wir sind beide sehr freie und eigenständige Menschen. Einander unsere Sexualität exklusiv vorzubehalten, wäre uns von Anfang an unpassend und lächerlich vorgekommen. Wir haben uns daher dafür entschieden, ehrlich und aufrichtig mit dem Faktum umzugehen, dass es wohl unser beider Bedürfnissen nicht entspricht, sich ein Leben lang auf einen einzigen Sexualpartner festzulegen, bloß weil man den Weg durchs Leben gemeinsam gehen möchte. Die Verantwortung dafür, den Bogen nicht zu überspannen, können wir einander ohnehin nicht abnehmen, und dagegen, dass einen eine neue Liebe wie der Blitz trifft, ist man so und so nicht gefeit. Wir sind aber beide der Ansicht, dass die Wahrscheinlichkeit dafür deutlich sinkt, wenn man in der Lebensbeziehung genügend Freiraum für kurzfristige Ekstasen und reizvolle Experimente findet.

*

Ich bleibe äußerlich ruhig, den Blick weiter auf mein Tablet gerichtet, aber ich beobachte Peter, meinen Mann, aus den Augenwinkeln. Er hat sich gut unter Kontrolle, aber gegen die archaischen Muster der genetischen Programmierung hat er wenig Chance. Er blickt eine Weile in die Ferne, bevor er sich wieder gesammelt hat. „Ah", sagt er, die Beiläufigkeit der Antwort ist ein gut einstudiertes Ritual.

Männer sind wohl darauf programmiert, ihren Samen möglichst weit zu verbreiten. Aber dass das andere Männer auch tun und ihre eigene Frau dabei willig mitspielt – das ist etwas, an das sie sich nie vollständig gewöhnen werden. Was sind die paar Jahrzehnte, die wir jetzt einigermaßen wirksam Lust von Fortpflanzung trennen können, gegen eine halbe Million von Jahren genetischer Selektion? Ich muss lächeln.

Dennoch übt dieses Spiel gleichzeitig einen geradezu magischen Reiz auf ihn aus. Zu wissen, dass die eigene Frau genauso andere Sexualpartner hat wie man selber, das ist eine Sache. Aber dabei zu sein, wie eine Frau einen anderen Mann empfängt, dabei ihre Lust und Geilheit offen zeigt und am Ende dessen Sperma tief in sich aufnimmt, das ist die andere. Wohl kann ich es mit dem Kopf verstehen, aber die archaische Empfindung, diese Mischung aus Abscheu, Faszination und Geilheit zu empfinden, die es in einem Mann auslöst, wenn er zusieht, wie ein anderer in seine Frau ejakuliert, er die silbrigen Fäden seines Sperma zwischen ihren Schamlippen ansehen muss und die Spielregeln des Abends ihm verbieten, sie ohne ausdrückliche Aufforderung auch nur anzurühren. Zwar war auch ich ein paar Mal dabei, wie er in meiner Gegenwart eine andere Frau hatte, doch ich habe dabei keine vergleichbar starken Empfindungen, meine Empathie ist da eher bei der Frau.

Dabei war es ursprünglich seine Idee, unsere offene Beziehung um diesen Aspekt zu bereichern. Ich habe erst lange gezögert, als er mit dem Vorschlag kam, und ihn deutlich darauf hingewiesen, dass das keine Sache ist, die er dann nach Belieben ein- und wieder ausschalten kann. Absolute Selbstbestimmung war und ist für mich die Voraussetzung dafür. Dafür hat nun er wieder eine Weile gebraucht, schließlich haben wir uns darauf geeinigt, ihm ein einmaliges „Stop" einzuräumen, allerdings ein unumkehrbares, es würde dann keine weiteren Versuche mehr geben. Das ist jetzt allerdings schon gut drei Jahre her, ich glaube nicht, dass das für ihn noch Thema ist.

*

Es ist schon einige Zeit her, dass ich an einer Cuckold-Session teilgenommen habe. Ich habe schon einiges an Erfahrung, doch mit der Zeit wird man wählerisch, sucht das Echte, das Authentische. Ich habe kein Interesse an Frauen, die sich einfach irgend einen Mann dazu einladen, der den Cuckold für sie spielt. Ebenso wenig wie an Paaren, die einfach einen Dreier anbieten und sich mit dem Begriff „Cuckold" interessant machen. Und schon gar nicht an Paaren, wo sie mit dem Gast ins Zimmer geht, während er draußen wartet.

Ich will spüren, dass die Sache echt ist. Ein Paar, das eine innige Beziehung zueinander hat, und wo sie daran Lust empfindet, seine Grenzen auszutesten, weil sie weiß, dass es ihn unendlich geil macht, wenn sie das tut. Wo von Anfang an das Knistern zwischen den beiden zu spüren ist, das Eindringen in die Intimsphäre der Paarbeziehung unmittelbar erlebbar wird. Und natürlich die besondere Geilheit der Frau, die ihre Lust daraus bezieht, sich für ihren Mann wie eine Schlampe behandeln zu lassen.

Ich habe lange mit Vicky gechattet. Soweit man das in einem Videocall beurteilen kann, sieht sie großartig aus. Und sie weiß anscheinend, was sie tut, was sie will. Als ich ihr meine Anweisungen für den Abend gegeben habe, haben ihre Augen mit gelächelt, ein gutes Zeichen.

*

Donnerstagabend, zwei lange zähe Tage noch. Vicky hat mir letztes Wochenende empfohlen, bis zum Treffen mit Jim, ihrem neuesten Bull, enthaltsam zu bleiben. „Du kannst es doch viel besser genießen, wenn du selber schon rattenscharf bist", hat sie gemeint. Anfangs haben wir bei solchen Gelegenheiten mit einem Schwanzkäfig experimentiert, doch nach dem zweiten Versuch hat sie gemeint: „Du bist doch kein kleines Kind mehr. Ich erwarte von dir die nötige Selbstdisziplin, das auch ohne Kontrolle zu schaffen."

Sie ist übrigens auf einer Geschäftsreise, kommt erst morgen Abend zurück. Es wäre ein leichtes, mir selber Erleichterung zu verschaffen, eine meiner Gespielinnen zu besuchen. Doch es ist seltsam: Man betrügt andere sehr viel leichter als sich selbst, also lasse ich es bleiben. Ob sie auf ihrer Geschäftsreise mit anderen fickt? Ich habe sie bei der Abreise nicht danach gefragt, mehr als einen stummen mitleidigen Blick für die dumme Frage hätte ich ohnehin nicht bekommen.

Die letzten paar hundert Meter. Das Wetter ist ideal für einen abendlichen 10-Kilometer-Lauf, ich biege leicht keuchend und schwitzend in den Schotterweg ein, der zu unserem Anwesen führt. Das Cabrio meiner Tochter überholt mich auf dem Weg, sie winkt mir zu. Sie ist nicht allein, ein junger Mann mit Sonnenbrille sitzt auf dem Beifahrersitz. Er kommt mir nicht bekannt vor. Die freie Erziehung, die wir ihr haben angedeihen lassen, zeigt ganz offenbar ihre Wirkung.

Ich laufe in den Hof, halte kurz inne, dehne noch die Beinmuskulatur. Dann ins Bad, auf dem Weg dorthin die Infrarotsauna einschalten. Ich verweile lange unter der Dusche, bevor ich mich in die warme Kabine lege und bei leiser Musik sofort einschlafe.

Ich erwache zwei Stunden später. Mir ist kalt, die Zeitschaltuhr der Heizung ist schon einige Zeit abgelaufen. Ich dusche noch einmal lauwarm, dann ab ins Bett. Ich falle in einen traumlosen Schlaf.

*

Ich überlege bei mir, während ich auch die nicht uncharmanten Avancen des Mittvierzigers automatisiert antworte. Das Dinner ist vorbei, ich sitze an einem kleinen Tisch in der Hotelbar bei einer Bloody Mary, er hat sich vor einigen Minuten zu mir gesellt. Doch dann drängt sich die Liste von Aufträgen wieder in den Vordergrund, die mir Jim geschickt hat. Der Gedanke an die Implikationen, die das alles haben könnte, lässt mich wohlig schaudern, die Aussicht auf einen schnellen Fick mit einem Unbekannten schmeckt dagegen schal.

Ich stehe also auf. „Tut mir leid, dass ich dich jetzt so alleine lasse, aber ich bin heute noch verabredet", sage ich zu ihm. Ich hoffe, dass der Korb auf diese Art leichter für ihn wegzustecken ist. „Sicher, ich wollte nicht aufdringlich sein", antwortet er. „Warst du nicht, das konntest du ja nicht wissen", antworte ich. Das „du" erscheint mir nachträglich forsch, ich kenne nicht einmal seinen Namen. „Viel Spaß noch", ruft er mir nach. Zu einer anderen Zeit an einem anderen Ort, denke ich auf dem Weg auf mein Zimmer. Ich werde noch ein Bad nehmen und dann früh schlafen gehen, der morgige Tag wird noch anstrengend genug.

Ich schaue auf mein Handy. Peter, mein Mann, ist Offline. „Gute Nacht <3", tippe ich in den Messenger. Den Gedanken, dass er meiner Bitte nicht Folge geleistet haben könnte, schiebe ich als irrelevant wieder weg. Sein Problem, nicht meines. Ich schlüpfe aus meinem Bademantel und nackt in das große weiche Bett. Meine Hand gleitet fast unwillkürlich zwischen meine Beine. Langsam streichle ich mich selbst, meine Gedanken sind wieder bei der Liste, doch ich gestatte mir nicht, zu kommen. Geiler so.

*

Den Samstagvormittag verbringen wir mit einkaufen. Seine Liste ist lang, nicht alles ist aufs erste Mal zu bekommen, wir müssen mehrere – zum Teil etwas speziellere – Geschäfte aufsuchen, bis wir alles beisammen haben. Peter ist während der Einkaufstour recht wortkarg, er hat die Liste vorher nicht gesehen und denkt offenbar gerade darüber nach, was das für den Abend bedeuten könnte. Ich habe ihm den Rest von Jims Anweisungen noch nicht vorgelesen, alles zu seiner Zeit.

Nach einem leichten Mittagessen beschließen wir, uns erst einmal zwei Stunden auszuruhen. Ich sehe in den Augen Peters, dass er eigentlich rattenscharf auf mich ist, ich hätte unter normalen Umständen auch nichts gegen einen ausgedehnten ehelichen Nachmittagsfick einzuwenden gehabt. Aber es sind eben keine normalen Umstände. Immerhin hat er Stil genug, nicht danach zu fragen. Ich bewundere ihn dafür, mit einem disziplinlosen Waschlappen könnte man sich auf solche Spielereien auch nicht einlassen. Oder auch nur verheiratet sein, wenn ich es mir recht überlege.

*

Vicky liegt träge in der Badewanne, während ich daneben knie und eines ihrer Beine mit einem Rasierer bearbeite. Jim wünscht sie heute Abend absolut ohne Körperhaare, und es ist meine Aufgabe, dafür zu sorgen. Ich arbeite mich also langsam von ihrem Unterschenkel über ihr Knie nach oben, lasse die extra scharfen Klingen immer wieder sachte über ihre weiche Haut gleiten, bis jedes Härchen, jeder Stumpf entfernt ist. „Erst noch die Achselhaare, das Beste lass dir zum Schluss", sagt sie beiläufig und ohne von ihrem E-Book aufzublicken, als ich mich ihrem Intimbereich nähere.

Sie hebt den rechten Arm, hält das E-Book nur mehr mit der linken Hand. Während ich die Haare aus ihrer Achsel entferne – es sind nicht viele, sie rasiert sich ohnehin regelmäßig – fällt mein Blick auf ihre Brüste. Bilde ich mir das nur ein, oder stehen ihre Nippel ein wenig steifer ab als sonst? „Konzentriere dich auf deine Arbeit, einen Schnitt können wir jetzt nicht brauchen", kommt von ihr. Gut, das hatte ich jetzt wieder notwendig, ich rasiere rasch und konzentriert erst die rechte, dann die linke Achsel. Schließlich ist nur mehr ihr Intimbereich übrig.

Ich überlege ein wenig, dann bringe ich ein hohes wasserfestes Kissen und ersuche sie, ihr Gesäß zu heben. Sie legt jetzt beide Beine auf den Wannenrand, ihre Spalte klafft ein wenig auf, als sie so schamlos und frei vor mir liegt. Kurz gleiten meine Gedanken wieder ab, Details aus früheren Begegnungen mit anderen Männern, ich kann das Sperma sehen und riechen, das aus ihrer klaffenden Spalte ausläuft, den Geschmack auf Zunge und Lippen spüren, meine Erektion macht sich schmerzlich bemerkbar …

„Bist du eingeschlafen, Peter?", reißt mich ihre kühle spöttische Stimme wieder aus meinen Tagträumen. Ich unterdrücke den fast übermächtigen Wunsch, ihr Geschlecht mit Lippen und Zunge zu berühren, sie nass zu lecken und ihren herrlichen Nektar auszusaugen. Stattdessen greife ich wieder zu Schaumdose und Rasierer, 20 Minuten später bin ich mit meinem Werk zufrieden.

*

Ich steige aus der Dusche, betrachte mich im Ganzkörperspiegel. Noch eine halbe Stunde bis zur Abfahrt. Da die Inszenierung nicht erlauben wird, dass ich vor Ort noch einmal dusche, muss alles schon zuvor makellos sein. Ein Schwanz, der nach Pisse schmeckt, kann die ganze Stimmung zerstören, also habe ich meine Blase vor dem Duschen noch gründlich entleert. Ich nehme noch den Trimmer zur Hand und bringe meinen sorgfältig gepflegten Dreitagebart in perfekte Fasson. Dann hinein in die Kleidung, die ich mir schon längst zurechtgelegt habe. Ein schwarzer Slip, enge schwarze Lederhosen, ein schwarzes Hemd, darüber noch ein Ledergilet, niedrige Stiefletten.

Das Taxi ist längst bestellt, es sollte in zehn Minuten da sein. Ich schenke mir noch einen kleinen Whiskey ein. Ich muss mir selbst eingestehen: Ich bin ein wenig aufgeregt, mit ein wenig Glück wird das ein sehr außergewöhnlicher Abend. Ach ja, das Kuvert nicht vergessen, es ist außen schwarz und innen blutrot ausgeschlagen.

*

Peter assistiert mir jetzt beim Ankleiden. Er ist wiederum sehr wortkarg, ich habe ihm gerade die letzten Details der Inszenierung vorgelesen. Ein paarmal musste er schon heftig schlucken. Nicht, dass das Risiko dabei sonderlich hoch wäre – immerhin kontrollieren wir das gesamte eingesetzte Spielzeug, es sind genug Sicherheitsfeatures vorhanden und wir kennen sie auch – aber das löst nicht das Problem zu entscheiden, wann man in einem Spiel, das an die Grenzen geht, quasi die Stopptaste drückt. Und es erfordert hundertprozentiges Vertrauen zueinander, um das Vertrauen einigermaßen kontrollieren zu können, das man einem Fremden entgegenbringt.

Um mit diesem Widerspruch umzugehen, haben wir eine ganz einfache Regel vereinbart. Wenn es einem von beiden zu viel wird, gibt es ein Codewort, und ab dann geht es nur mehr darum, die Situation zu bereinigen und Schaden abzuwenden. Ansonsten sind wir auf die wechselseitige Einschätzung der Situation angewiesen und darauf, dass nicht beide gleichzeitig ihren Hausverstand verlieren.

Ob das funktioniert? Wir wissen es nicht, wir haben es noch nie gebraucht, wurden von Mitspielern noch nie in diese Situation gebracht. Ich scheuche diese Gedanken weg, als ich die angenehm weichen Seidenstrümpfe über meine frisch rasierten Beine ziehe, meinen Körper von dem hauchdünnen transparenten Negligee umspielen lasse, das wir heute erst gekauft haben.

Peter ist schon in dem Outfit, um das unser heutiger Bull gebeten hat. Schwarzer Anzug, weißes Hemd, schwarze Fliege. Ich greife noch zum Flacon mit meinem besten Parfum, nur ein kleiner Spritzer, prüfe noch einmal das Make-up. Dezent, nur die Lippen nuttig überschminkt. Das Knallrot, das ich heute gekauft habe, ist perfekt für diesen Anlass.

Noch zehn Minuten. Also hinein in die hohen Lackschuhe. Zuletzt strecke ich meinem Mann die Arme entgegen, er befestigt die weichen Handschellen. Er führt mich zu einem der Pfosten des Himmelbettes in unserem Schlafzimmer, befestigt die Kette meiner Handschellen hoch über meinem Kopf, legt mir ein schwarzes Seidentuch um die Augen, bindet es fest.

Klar, ich kann jederzeit hier raus, wenn es sein muss. Doch jetzt konzentriere ich mich darauf, mich auf die Situation einzulassen. Ich bin allein, Peter wartet wohl im Wohnzimmer, Ich atme ruhig, fühle meinen Herzschlag.

*

Pünktlich zur vereinbarten Zeit läutet es. Ich öffne, betrachte den Mann eine Weile. „Ich bin Jim, ich bin mit Ihrer Frau verabredet." Die Worte kommen leicht, wie selbstverständlich. Er ist dunkelhäutig, das hat mir Vicky nicht gesagt. Es macht keinen Unterschied, aber ich muss dennoch tief durchatmen und mir vergegenwärtigen, dass es keinen Unterschied macht. Er wirkt in Ordnung, gepflegt und nicht unsympathisch. „Kommen Sie herein", sage ich schließlich. Ich nehme ihm sein Jackett ab und hänge es an die Garderobe. Wir schauen einander eine Weile an, doch es gibt nichts zu sagen, es gibt nichts zu besprechen. Er ist auf Einladung von Vicky gekommen, um ihr das Hirn rauszuvögeln. Nicht mehr und nicht weniger.

„Gehen wir doch gleich weiter, wir wollen die Dame nicht warten lassen", sage ich schließlich. Er nickt, nimmt es als meine Zustimmung zu seiner Person. „Nach Ihnen", sagt er, ich gehe voraus, führe ihn ins Schlafzimmer. „Möchten Sie sie mir präsentieren?", fragt er höflich. Ich trete zu ihr, ein wenig zittern mir die Hände, es wird wohl für eine Weile das einzige Mal bleiben, dass ich sie heute Abend berühren darf. Ich lasse ihr die Augenbinde noch auf, fasse zunächst unter ihr Kinn, drehe den Kopf ein wenig, spüre, wie meine Frau bebt.

Meine Hand streift über ihren Rücken, drückt ihr das Becken ein wenig nach vorne, das Negligé rutscht höher und gibt den Blick auf ihre blanke Spalte jetzt ganz frei. Ich fasse, an ihre Schenkel, sie versteht augenblicklich, macht ihre Beine breit.

Plötzlich steht er dicht neben mir, sein Finger dringt ohne jede Vorwarnung tief in ihre Grotte ein, sie stöhnt lustvoll auf. „Einen Moment der Herr", sage ich, „sind Sie interessiert?" Er lächelt dünn, reicht mir das Kuvert, ich stecke es ungeöffnet in die Innentasche meines Sakkos.

„Ihre Frau", sage ich mit einer leichten Verbeugung und nehme meiner Frau die Augenbinde ab.

*

Ich muss ein wenig blinzeln, als das helle Licht wieder in meine Augen fällt. Doch dann sehe ich zum ersten Mal direkt in diese Augen, die mich schon im Videocall so fasziniert haben. Er stellt nahezu augenblicklich Rapport her. Soweit es überhaupt noch möglich ist, reagiert mein Körper heftig. Meine Nippel versteifen sich, und ich fühle mich, als würde ich auslaufen. Sein Finger ist wieder weg, ich sehne mich danach, von diesem Mann wieder berührt zu werden.

„Machen Sie sie bitte ganz frei", höre ich seine melodiöse Stimme sagen. Da keiner Anstalten macht, meine Handgelenke zu befreien, muss mein Mann die Schulterträger des Negligees durchschneiden. Kurz spüre ich die Kälte des Stahls auf meinen Schultern, es kribbelt angenehm, als der leichte Stoff über meinen Körper zu Boden gleitet. Ich steige rasch heraus, mein Mann hebt das Teil auf und räumt es beiseite.

Er kommt näher, sein Gesicht nahe zu meinem. Ich kann seinen heißen Atem spüren. Mit der größten Selbstverständlichkeit legt er seine schwarzen Hände an meine Hüften, umfasst dann meinen Po, zieht mich näher an sich. Seine Lippen drücken sich auf die meinen. Schauder der Lust jagen durch meinen Körper, als seine Hände ihn erforschen, seine Fingerkuppen meine Wirbelsäule aufwärts gleiten, seine andere Hand meine Pobacke etwas fester kneift. Gleichzeitig dringt seine Zunge fordernd in meinen Mund ein. Es sind nicht nur die Handfesseln, es sind meine intensiven Empfindungen, die mir keine andere Wahl lassen, als das zuzulassen.

*

Äußerlich bleibe ich ruhig, als ich mit ansehe, wie leicht es ihm gefallen ist, sie vollkommen in seinen Bann zu schlagen. Doch ich kann nicht verhindern, dass eine heftige Erektion eine deutlich sichtbare Beule in meiner Hose hervorruft. Er spielt mit ihr, spielt mit ihrer Geilheit, sie tauscht immer wieder auch Blicke mit mir aus, macht keine Anstrengungen, ihre wachsende

Erregung zu verbergen. Er hat jetzt zwei Finger in ihrer nassen Grotte stecken, stimuliert ihre Klit mit dem Daumen, während seine andere Hand an ihren empfindlichen Nippeln spielt. Er ist ein absoluter Könner des Edging, Hilflos hängt sie immer noch mit ihren Händen hoch über ihrem Kopf, hat keine Möglichkeit, selbst aktiv in das Geschehen einzugreifen.

*

Die Frau ist alles, was ich mir erwartet habe. Ich kann sie mühelos spielen wie ein empfindliches Musikinstrument, der Rapport mit ihr war nahezu augenblicklich hergestellt, und sie hat auch keinerlei Hemmungen, ihre Geilheit in Gegenwart ihres Mannes schamlos zu zeigen. Sie signalisiert auch gut, es ist einfach, sie zu edgen, denn sie möchte es offenbar selbst noch hinauszögern. Ihr Mann spielt seine Rolle bis jetzt großartig. Sie hat nicht zu viel versprochen, sie tun das, was sie hier anbieten, weil sie es geil finden.

Zeit für den nächsten Schritt. Ich lasse von ihr ab, beginne mir in Ruhe mein Hemd aufzuknöpfen. Beider Blicke ruhen jetzt erwartungsvoll auf mir. Ich streife mir das Hemd von den Schultern, er ist sofort zur Stelle, es mir abzunehmen und sauber aufzuhängen. Gut so. Ich steige aus meinen Stiefletten und streife als Nächstes meine enge Hose ab, stehe bald im Slip vor ihr. Meine Erektion ist wohl deutlich sichtbar, jedenfalls ruhen ihre Augen unbeweglich auf meiner Körpermitte.

„Auf die Knie mit ihr, bitte", sage ich ruhig, „und halten Sie ihre Hände weiter hoch."

*

Ich hänge also ihre Handschellen aus dem Haken auf dem Bettpfosten aus, helfe ihr vor ihm niederzuknien und stelle mich notgedrungen hinter sie, um ihre Hände weiter über ihrem Kopf zu fixieren. Er wartet, bis sie gut positioniert ist, greift ihr dann unters Kinn, zwingt sie, zu ihm aufzublicken, und sagt nur zu ihr: „Du weißt, was du zu tun hast."

*

Ja, ich weiß, was ich zu tun habe. Insgeheim bin ich ja auch ein wenig froh, dass er mir nach all der Stimulation eine kleine Pause gönnt. Ich starre eine Weile auf die riesige Beule, die sich in seinem Slip gebildet hat, dann beginne ich vorsichtig mit den Zähnen, diesen herunterzuziehen, sein wohl prachtvolles Werkzeug freizulegen. Ich finde es beruhigend, dass es mein Mann ist, der mich hält und ein wenig stützt.

Nach einigen Versuchen ist es mir schließlich gelungen, und ich muss sagen, es ist gewaltig, was da vor meinen Augen hängt. Oder eigentlich steht, sollte ich sagen, er ist mittlerweile voll erigiert. Also gut, hier bin ich in meinem Element, auch wenn ich die Variante ohne Hände nicht besonders bevorzuge, weil sie mir keinerlei Kontrolle über den Vorgang lässt. Aber es macht mich auch geil, dass ich sein Sperma wohl bald tief in der Kehle oder auf meinem Gesicht haben werde, wenn er geschickt ist, wohl auch beides.

Ich konzentriere mich zunächst auf seine prallen Eier, lecke sie ausführlich, sauge sie dabei immer wieder ein wenig in meinen Mund. Beim Blasen bin ich als Frau Dienerin, doch wenn ich es tue, erfüllt mich mit Stolz und Genugtuung, wenn es zur vollkommenen Befriedigung des Mannes führt.

Jetzt seinen gewaltigen Schaft hinauf. Sein Schwanz ist enorm, und momentan nimmt mich der Gedanke in Anspruch, wie das sein wird, wenn er mir dieses gewaltige Gerät dann endlich – endlich! - in meine Spalte rammt. Aber das wird, fürchte ich, noch dauern. Ich mache also weiter, erreiche schließlich seine bereits freiliegende Eichel.

Jetzt heißt es Konzentration, ich bin in dieser Phase eigentlich gewohnt, den Mann mit der Hand zu führen. Eine neue Herausforderung, ich nehme ihn also mal tief hinein in meinen Mund. Kann förmlich die Blicke meines Mannes spüren, der wohl gerade fasziniert zusieht, wie dieser Schwanz tiefer und tiefer in meinen Mund und meine Kehle gleitet.

Eine Weile lässt mich unser Bull noch gewähren, doch dann geht alles sehr schnell. Er nimmt mich hart an meinem Haar, beginnt kraftvoll und fordernd in meinen Mund zu stoßen. Instinktiv tue ich das richtige, führe die Eichel mit meiner Zunge und lenke sie so, dass sie sich an meinem Gaumen reibt. Es dauert nicht lange, und ein Schwall heißen Spermas ergießt sich direkt in meine Kehle.

Ich bin derart mit Schlucken beschäftigt, dass ich erst später realisiere, dass er den Schwanz nach seinem ersten Spritzen aus meinem Mund gezogen und mit den restlichen Unmengen seines Spermas mein Gesicht bedeckt hat. Erst, als ich die Tropfen auf meinen Oberschenkeln spüre, bemerke ich es. Instinktiv versuche ich Richtung meines Gesichtes zu greifen, doch meine Hände sind nach wie vor über meinem Kopf. Ich blicke zum Bull auf, er grinst und schüttelt seinen Kopf. Nun gut, denke ich, während sich mein Geschmacks- und Geruchssinn an das Aroma seines Spermas gewöhnen …

*

„Würden Sie sie jetzt bitte auf das Bett legen." - „Ja, einfach auf den Rücken, die Hände können Sie sicherlich am Betthaupt fixieren." Meine Frau und ich tauschen Blicke aus. Ist es ihr schon zu viel, fragen meine Augen. Doch ihre Antwort ist eindeutig: „Lass ihn weitermachen, ich bin neugierig und geil."

Kaum liegt sie bequem auf dem Rücken auf dem Bett, legt er ihr wiederum die Augenbinde an. Die nächste gefühlte Stunde muss ich mit dieser Mischung aus Abscheu und Faszination zusehen, wie er sie mit den wenigen Hilfsmitteln, die er verlangt hat, zu immer neuen Höhen ihrer Lust und Geilheit foltert. Ein

Stachelrad, ein großer genoppter Dildo, ein Paddel, eine weiche Peitsche, mehr braucht er nicht. Ich beobachte mit stummer Faszination, wie sich meine Frau immer weiter in die Trance hineintreiben lässt, die der subtile Lustschmerz in ihr auslöst. Sie wäre die ganze Zeit über ohne Weiteres in der Lage, das Codewort zu sprechen, doch sie scheint das Spiel immer noch zu genießen.

*

Ich lerne gerade eine Lektion. Die Lektion, wie man Tease and Denial auf die Spitze treiben kann. Ungezählte Male hatte er mich schon exakt an dem Punkt, den man den „Point of no Return" nennt, den Punkt, ab dem ein Orgasmus, und sei es ein ruinierter, nicht mehr vermeidlich ist. Doch er hat ihn noch nicht überschritten. Der Lustschmerz dauert schon viel zu lange, ist quälend, aber gleichzeitig geil. Unendlich geil. Ich versuche mir kurz vorzustellen, wie es meinem Mann geht, der das alles vermutlich mit einer unangenehm harten Erektion mit ansehen muss. Der Gedanke verschwindet wieder.

*

Ich merke bei ihr erste Anzeichen der Erschöpfung. Ich möchte auf keinen Fall den Bogen überspannen, sie derart überreizen, dass es für das Finale keine Steigerung mehr gibt. Ich lege also die kleinen Spielzeuge zur Seite, nehme ihr die Augenbinde ab, stelle mühelos den Rapport wieder her: „Möchtest du, dass ich dich jetzt durchficke wie eine Schlampe, die du bist, bis du vor Lust schreist?" Sie sieht mich mit ihrem spermaverschmierten Gesicht an, die pure Geilheit steht in ihren schönen dunklen Augen: „Ja bitte, ich will es jetzt", sagt sie mit heiser belegter Stimme. „Dann mach schön breit", sage ich nur.

Ich klettere jetzt ohne große Umstände zwischen ihre weit gespreizten Beine, ramme ihr meinen mittlerweile wieder hart gewordenen Schwanz in einem Zug tief in ihre Spalte. Sie wimmert und stöhnt auf. Ich beginne sie langsam und gleichmäßig zu ficken. Auch wenn ich mir äußerlich nichts anmerken lasse: Ich habe mich zumeist beim zweiten Mal relativ gut im Griff und kann auf sie und ihre Geilheit Rücksicht nehmen. Ich blicke ihr genau in die Augen, zwinge ihr mit Willenskraft meinen Rhythmus auf. Sie gibt sich ganz hin, lässt sich treiben, hält sich nicht mehr zurück …

*

… es dauert jetzt nicht lange, bis sich die ganze aufgestaute Geilheit der vergangenen Woche, der letzten zwei Stunden endlich Bahn brechen darf. Ich lasse mich gehen, ignoriere den leichten Schmerz, den sein langer Schwanz gelegentlich beim Anstoßen an die Gebärmutter auslöst, lasse mich einfach durchficken, durch eine Serie von erst kleinen, dann immer intensiveren Orgasmen treiben, bis er sich schließlich gestattet, die Kontrolle auch aufzugeben. Ich spüre gut, wie seine Eichel noch mehr schwillt, bis er sich schließlich mit ein paar gewaltigen Stößen tief in mich ergießt. Er bleibt noch in mir, bis auch mein letzter Orgasmus abgeklungen ist, zieht sich dann rasch zurück.

„Erstklassige Frau, zurück an Sie", höre ich ihn noch zu meinem Mann sagen. Er lässt mich also hier einfach zu benutzt liegen, geht ohne Dank und Gruß?

*

Ich schaue unbeteiligt zu, wie er sich in Ruhe wieder anzieht, sich mit diesen knappen Worten verabschiedet. „Danke, ich finde den Weg", sagt er noch, nickt ihr und mir kurz zu und ist auch schon verschwunden. Meine Frau und ich brauchen noch eine Weile, bis wir beide aus der Unwirklichkeit der Situation wieder in die Realität unserer Ehe gefunden haben. Ich nehme ihr zunächst die Handschellen ab. Sie liegt immer noch so da, wie er sie benutzt hinterlassen hat.

„Soll ich erst duschen gehen?", fragt sie mich, und es liegt viel Liebe und Zärtlichkeit in ihrer Stimme. Ich überlege. „Nein", sage ich dann, schlüpfe rasch aus meinen Kleidern und kuschle mich ebenfalls nackt an ihren nackten Körper, bald steckt mein Schwanz tief in ihrer frisch besamten Spalte. Doch das ist eine andere Geschichte, die ein andermal erzählt werden soll.

Die Dame und das Mädchen

„Beep, Beep." Es ist vier Uhr morgens, ich döse gerade halbwach vor mich hin. Verschlafen blicke ich auf das Display meines Mobiltelefons. Es war ein langer Abend, ich habe Sodbrennen und leichte Kopfschmerzen vom Alkohol.

„Coffee n fuck?", steht da nur.

Ich will schon ablehnen, doch da blinzelt das Mädchen neben mir verschlafen. „Was ist los?", fragt sie. Die Kleine ist gut 20 Jahre jünger als ich, ich habe sie aus einer Bar abgeschleppt, in der meine beste Freundin Getränke ausschenkt. „Noch Lust auf einen Schwanz?", frage ich sie, sie ist augenblicklich hellwach und grinst mich an. „Klar, immer, aber wo nimmst du den jetzt her?"

Ich seufze innerlich, eigentlich will ich nur mehr schlafen, aber andererseits ist die Gelegenheit zu günstig, mich bei ihr ein wenig für die geilen Stunden zu revanchieren, die sie mir bereitet hat. Ich zeige ihr ein Bild, das ich von ihm mal heimlich aufgenommen habe. Ihr Grinsen wird breiter.

„Gern, aber ich bin nicht allein ;)", schreibe ich also zurück.

„Umpf, ich stehe nicht auf Kerle :(", kommt es zurück. Ich drehe mich zu Cathy um. „Darf ich ihm ein Bild von dir schicken?" - Sie nickt. Ich streichle ihr sachte über den Oberschenkel, sie ist schon wieder geil.

Ich schicke das Bild. „Wer redet von Kerlen? :p"

Er scheint eine Weile zu überlegen.

„Wow. Und sie hält, was das Bild verspricht?" - „Absolut", schreibe ich rasch zurück. „Kannst mir vertrauen."

„Gut." Er nennt eine Summe. „In einer halben Stunde?" Der Kleinen fallen fast die Augen raus. „Alles für dich", sage ich zu ihr, „als Dankeschön für unsere Nacht". Sie gibt mir spontan einen dicken Kuss auf die Lippen. „Klar, wir warten auf dich", schreibe ich noch rasch.

„Jetzt aber schnell", sage ich zu ihr. Ich schiebe sie ins Bad und unter die Dusche, sie bindet ihr langes dunkles Haar zu einem Pferdeschwanz zurück. „Rasiere passt noch?", fragt sie mich und grinst, als ich ihr mit der Hand sachte über ihre Vulva fahre. „Muss", sage ich, während sie sich rasch abseift. „Lass gleich laufen für mich", sage ich, als sie aus der Dusche kommt. „Schminke dich derweil, ich helfe dir dann mit dem Outfit." Auch ich binde mein rotblondes Haar zusammen und stelle mich rasch unter den warmen Wasserstrahl. Kurz lasse ich meine Gedanken abschweifen, lasse die Stunden noch einmal Revue passieren, in denen sich dieser junge, gertenschlanke Körper an mich geschmiegt hat, unsere Hände, Lippen und Zungen einander verwöhnt haben, diese Mischung aus Naivität, Zärtlichkeit und hemmungsloser Geilheit.

Zurück zum Hier und Jetzt. Ich wasche mir die Seife ab und überlege mir derweil ein Setting. Cathy ist schon fertig geschminkt. Ihr hübsches Gesicht sieht mit dem straff zurückgebundenen Haar wunderschön aus, das werden wir so lassen „Aber was ziehe ich an?" Gute Frage, sie ist mir in Jeans und T-Shirt ins Haus gefallen. Zur Not müssen eben meine Sachen passen. „Komm mit", sag ich und nehme sie an der Hand mit in mein Schlafzimmer. „Hier"; sage ich und werfe ihr halterlose Seidenstrümpfe zu. Sie nickt und wechselt ebenfalls in den professionellen Modus. Gut so. „Passen die?", frage ich besorgt. „Gut genug", sagt sie. Ich blicke auf ihre kleinen, festen Brüste, fast neidvoll. „Slip und BH lassen wir weg, nimm das hier", kommandiere ich. Sie nimmt das kurze transparente Negligé, das ich ihr reiche, und schlüpft hinein. Ich nicke, während sie sich selbstgefällig im Spiegel betrachtet. Ich gebe ihr einen kleinen Klaps auf ihren süßen Po. „Hast du Schuhe mit Absatz, Größe 37?", fragt sie. Manchmal hat man auch ein wenig Glück, das ist meine Größe. „Geh raus ins Vorzimmer und such dir was aus", gebe ich zurück. Doch was nehme ich? Schließlich greife ich nach einem schulterfreien Etuikleid mit Leopardenmuster, das ich mir direkt über den nackten Körper streife. Ein paar Spritzer Parfum, den Lidstrich nachgezogen, ein wenig Lipgloss, das Haar aufgeschüttelt, ein wenig Taft, das muss reichen. Im Vorzimmer schlüpfe ich noch rasch in die neuen dunkelbraunen Heels und folge ihr dann ins Wohnzimmer. Sie ist schon ganz Profi, sitzt elegant mit überschlagenen Beinen auf dem Sofa. Fünf Minuten noch. „Alles klar?", frage ich. „Ja, Madame", gibt sie beiläufig zurück. Ich lächle in mich hinein, ich habe mich in ihr nicht getäuscht.

*

Die nächtlichen Straßen sind leer, ich komme rasch voran. Das Bild dieses Mädchens geht mir nicht aus dem Kopf. Ich treffe Sylvia öfter um diese Zeit, wir sind beide manchmal früh morgens wach. Ich halte noch rasch an einem Zigarettenautomaten, kaufe die Packung, um die sie mich gebeten hat. Es ist noch ein wenig kühl in dieser Frühsommernacht, ich fröstle in meinem dünnen Jackett. Weiter zum Geldautomaten, dann noch den kurzen Weg hinaus zu dem modernen Apartmenthaus, in dem sie ihre kleine Wohnung hat. Ich parke den Wagen gegenüber, überquere die Straße, drücke auf den Klingelknopf.

*

Ich bin jetzt doch ein wenig nervös, nehme immer wieder mal einen tiefen Zug von der Zigarette, die Sylvia mit mir teilt. Trotz meiner Jugend macht mir beim Ficken so schnell keiner mehr was vor, das ist es nicht. Aber als ich das Bild gesehen habe, hat es mir schon einen kleinen Stich gegeben. Ich stehe ja auf Ältere, auf distinguierte Herren, die mich respektieren, oft ihre eigene Lust aus der meinen ziehen, statt wie die Stiere über mich herzufallen und nur die Macht zu genießen, die ihnen das bisschen Geld vermeintlich über meinen Körper gibt. Ich bin im Rückblick dankbar für die harte, gründliche Schule, durch die ich als Vollwaise schon früh in einem rumänischen Provinzpuff gegangen bin. Doch ich bin froh, jetzt hier in Wien zu sein, mit meinem Aussehen und meiner Klasse in einer Liga zu spielen, in der ich mehr Spielraum habe, mir die Herren auszusuchen.

Mein Blick fällt auf Sylvia. Ich bewundere in diesem Augenblick die Ruhe und Sicherheit, die sie ausstrahlt. Sie ist mir gleichzeitig mütterliche Freundin und leidenschaftliche Geliebte, sie schafft es immer wieder, dass ich ihr ganz vertraue, mich in ihren Armen ganz fallen lasse und ihr gleichzeitig alles gebe, was ich zu bieten habe. Ein letztes Mal begegnen sich unsere Blicke, da läutet schon die Sprechanlage. Ich blicke ihr nach und konzentriere mich …

*

Ich hebe den Hörer ab. „Ja?" - „Ich bin's, guten Morgen." Seine Stimme klingt ruhig und sicher wie immer. Ich drücke den Knopf. Die Sekunden rinnen zäh, der Lift geht, das gewohnte leise Quietschen der Schiebetüre. Schritte auf dem Flur. Ich öffne die Türe einen Spalt, dann ganz. „Guten Morgen, komm rein." Seine Präsenz füllt augenblicklich das Vorzimmer, ich schließe die Türe hinter ihm. Wie selbstverständlich umfasst er meine Hüfte, streicht mir sachte über den Po, küsst mich auf den Mund. „Guten Morgen." Er ist sicher schon Mitte fünfzig, groß, schlank und sportlich, sein dunkles Haar an den Schläfen schon ein wenig grau. Jeans, offenes Hemd, Sportsakko. „Fesch bist du heute." Er schiebt mich ein Stück von sich, sein Blick nimmt mich in Besitz wie immer. „Danke", lächle ich. Meine Nippel versteifen sich ein wenig, es ist schwer, sich seinem Sex Appeal zu entziehen. Doch ich nehme mich vorerst zurück. Er sieht mich ein wenig fragend an. „Heute habe ich etwas ganz spezielles für Sie, mein Herr", sage ich stattdessen.

Er schaltet sofort und steigt in das Spiel ein. „So? Na da bin ich aber neugierig, lassen Sie mich einen Blick darauf werfen?" Ich lächle. „Ich darf vorgehen?"

*

Sie öffnet die Wohnzimmertüre, bittet mich einzutreten. Was ich sehe, verschlägt mir fast augenblicklich den Atem. Sie steht am Fenster, die Beine in ihren hochhackigen schwarzen Schuhen leicht gegrätscht, das hübsche Gesicht vom straff zurückgebundenen schwarzen Haar betont. „Das ist Cathy, ein ganz besonderes Mädchen", höre ich Sylvia sagen. Cathy blickt ein wenig zu Boden, ihre Reize sind durch das transparente Negligé nahezu unverhüllt zu sehen. Sie schlägt die Augen ein wenig auf, lächelt mich scheu an. Sie schlägt mich augenblicklich in ihren Bann, ich kann nicht verhindern, dass mein Körper schon auf ihren bloßen Anblick heftig reagiert. Kaum dringt Sylvias „Aber das Besondere hat auch seinen Preis" an mein Ohr, „ja, ja wie vereinbart", nicke ich nur abwesend, gehe auf dieses zauberhafte Wesen zu.

Sie blickt zu mir auf, als ich meine Hände sachte an ihre Hüften lege, die zarte junge Haut berühre. Legt mir ihre Arme auf die Schulten, schmiegt sich weich an meinen Körper an. Ich folge der Einladung ihrer Lippen, verschmelze mit ihr in einem langen, feuchten, zärtlichen Kuss. Sie wirkt hungrig, hungrig nach Berührung, nach Zärtlichkeit. Meine rechte Hand gleitet über ihren Po, ihren Rücken hinauf, sie zittert leicht, als sie sich zärtlich anschmiegt. Ich ziehe ihr Becken ein wenig fester zu mir, mein steifer Schwanz drückt hart gegen ihren weichen, nachgiebigen Körper.

Kaum spüre ich, wie Sylvia hinter mich tritt, mir das Sakko abnimmt. Die Kleine macht sich von mir ein wenig frei und beginnt mein Hemd aufzuknöpfen. Sylvias Hände prickeln angenehm leicht auf meiner Haut, als sie mir das Hemd von den nackten Schultern zieht.

*

Cathy und ich tauschen kurze Blicke aus. Die erste Runde mit ihm wird sie wohl allein bestreiten, sie hat sich offenbar voll auf das Spiel mit ihm eingelassen und hält sich nicht mehr zurück. Wozu auch, denke ich mir, als ich sein Hemd weglege, wieder hinter ihn trete und meine Hände spielerisch an seine Nippel lege, während Cathy bühnenreif vor ihm auf die Knie sinkt. Er stöhnt leise auf, als ich seine Nippel ein wenig fester fasse, während sie sich an seinem Gürtel und seiner Hose zu schaffen macht. Cathy fackelt nicht lang herum, mit der Ungeduld der Jugend befreit sie seinen prächtigen Steifen und hat ihn sich auch schon zwischen ihre roten Lippen geschoben. Er lehnt sich jetzt stärker gegen mich, ich habe fast Mühe, den großen schweren Mann zu halten, doch ich spiele sachte an seinen Nippeln weiter. Sein Stöhnen wird lauter. Ich schaue runter zu ihr, sie ist jetzt voll konzentriert. Tempo, aber nicht zu viel. Spielt mit ihm, treibt ihn immer wieder bis an die absolute Grenze, lässt dann wieder nach. Ich glaube nicht, dass sie ihn so fertig machen wird, dazu ist ihre eigene Geilheit zu groß, ich kann sie fast bis hierher riechen.

*

Ich könnte ihn jetzt spielend leicht fertig machen. Doch zu groß ist die Versuchung, diesen herrlichen Schwanz tief in mir zu spüren. Also lasse ich ihn langsam wieder aus meinem Mund gleiten, richte mich ebenso langsam wieder auf und biete ihm meine bereits salzigen Lippen wieder zum Kuss. Er keucht vor Geilheit, als meine Lippen die seinen berühren. Eine Weile lasse ich meine Arme auf seinen Schultern ruhen, unsere Zungen spielen noch ein wenig miteinander. Dann löse ich mich von ihm. „Komm", sage ich einfach zu ihm.

Sylvia hat die paar Sekunden genützt, unser ziemlich zerwühltes Bett ein wenig aufzuschütteln und die Decken zurückzuschlagen. Ich ziehe ihn in ihr Schlafzimmer. Sylvia stellt sich geistesgegenwärtig hinter mich und beginnt, mein hauchdünnes Negligee von hinten anzuheben. Ich schaue ihm dabei genau in die Augen, hebe willig die Arme, lasse zu, dass Sylvia es von meinem Körper streift. Bis auf die Strümpfe und die Heels bin ich jetzt völlig nackt, meine steifen Brustwarzen stehen hart ab.

*

Cathy liegt jetzt nackt und breit vor mir auf dem Rücken. Und geil, ihr Atem fliegt, nein, das kann nicht gespielt sein. Ich folge ihr auf das Bett, knie mich zwischen ihre breit gespreizten Beine. Sylvia hat irgendwie auch ihr Kleid verloren, sie kniet nackt seitlich neben uns beiden. Sie nimmt meinen harten Schwanz in die Hand, spielt damit noch ein wenig an der Spalte des Mädchens herum, bevor sie ihn langsam in deren nasse, weit offene Grotte hineinschiebt.

Jetzt gibt es kein Halten mehr. Ich beginne die Kleine langsam und gleichmäßig zu ficken. Ich hoffe sehr, sie hält sich nicht mehr zurück, denn bei mir kann es nicht mehr lange dauern. Doch die Sorge ist unbegründet, sie lässt sich schnell und willig in ihre eigene Erregung hineintreiben, bald kommen kehliges Stöhnen und spitze Schreie aus ihrem roten Mund. Ich warte jetzt auch nicht mehr, dazu ist die Situation einfach zu geil. Ich beginne sie hart und schnell zu stoßen, spüre, wie der Saft langsam in meinen harten Schaft steigt, und einige Sekunden später ergieße ich mich mit gewaltigen Stößen tief in die junge Frau, die heftig keuchend unter mir liegt. Sie umklammert mich mit beiden Armen, als ich auf sie herabsinke, hält sich an mir fest wie eine Ertrinkende, minutenlang verharren wir dicht aneinander, spüren dem eben Erlebten noch nach.

*

Ich warte, bis er von Cathy herunterrollt, lege mich dann auf der anderen Seite neben ihn, zünde eine Zigarette an, teile sie mit den beiden. Langsam kommen sie wieder zu Atem, die animalische sexuelle Spannung ist verflogen, zumindest für den Augenblick. Müßig blase ich ein Wölkchen blauen Rauch an die Decke. „Wow", sagt er schließlich. „Wow", wiederholt sie, grinst dabei und spreizt ihre Beine. Sie schiebt sich zwei Finger tief in ihre besamte Grotte, zieht sie heraus und macht eine Show daraus, sie abzulecken. Er nimmt ihre Hand in die seine, riecht an ihren Fingern und leckt sie dann auch ein wenig ab. „Na, zu viel versprochen?", frage ich neckisch nach. „Nein", sagt er, „sie ist das geilste Mädchen, das ich seit langem hatte."

Ich spiele die Schmollende, er bemerkt es. „Du bist kein Mädchen, meine Süße, du bist eine reife Frau", setzt er lächelnd nach und streichelt mir wie beiläufig über die Hüfte. Ich kneife ihn als Antwort leicht in seinen Nippel. „Grad noch mal rausgeredet, du Schuft. Aber das nächste Mal …" Ich lasse meine Hand spielerisch über seine Brust und seinen Bauch gleiten und deute ein wenig Druck auf seine Eier an. Er saugt vernehmlich die Luft ein. „Na da hab ich ja noch einmal Glück gehabt", lächelt er. Doch irgendwie scheint ihn der Druck auf seine Eier auch geil zu machen, jedenfalls regt sich sein Schwanz schon wieder deutlich. Cathy, der so etwas anscheinend nie entgeht, dreht sich wieder zu ihm, reibt mit ihren noch vom Sperma nassen Fingern seinen Nippel, knabbert ein wenig an seinem Ohrläppchen. Und ich kann mir nicht helfen, ich werde bei all dem einfach geil. Er scheint es zu merken, er greift mir ohne weitere Umstände einfach zwischen die Beine, bald spielen seine Finger sehr kundig an meiner Klit.

*

Eine neue Woge der Erregung durchflutet mich, als die beiden Frauen wieder beginnen, an mir herumzuspielen. Cathys spitze Zähne an meinem Ohr, ihr nasser Finger auf meinem Nippel, Sylvias gekonnter Griff an meine Eier: All das macht mich wieder geil, unglaublich geil. Mein Schwanz richtet sich wieder auf, was die beiden mit dem Austausch von Blicken und Gekichere quittieren. Ich wende meine Aufmerksamkeit Sylvia zu, drehe mich ein wenig zu ihr und beginne ihren Unterbauch zu streicheln, worauf sie sehr bald mit einem Öffnen ihrer Beine reagiert. Meine Hand gleitet auf ihre Spalte, streichelt ein wenig ihre äußeren Lippen, bevor ich diese mit zwei Fingern vorsichtig teile und nach ihrer Klit taste.

Wie ich vermutet habe, ist sie bereits klitschnass. Ich lächle sie ein wenig an, als ich erst den Druck auf ihre Klit verstärke mich dann anschicke, sie zu besteigen. Doch die beiden Frauen haben offenbar Anderes im Sinn, Sylvia drückt mich jedenfalls mit zärtlichem Nachdruck wieder auf den Rücken in das Kissen. „Arme hinter den Kopf, jetzt sind wir beide dran", raunt sie mir nur leise zu. Ich gehorche lächelnd, ich bin neugierig, was sich die beiden für mich jetzt ausgedacht haben.

Ich muss nicht lange warten: nahezu gleichzeitig knien sich Sylvia in Richtung meines Kopfes und Cathy in Richtung meiner Füße über meinen Körper. Zunächst ignorieren sie mich vollständig, wenden sich einander zu, ich kann aus ungewöhnlicher Perspektive zusehen, wie die beiden miteinander zu spielen beginnen, einander küssen und liebkosen, dabei immer wieder Blicke austauschen und wie die Schulmädchen kichern.

Schließlich senken sich wie auf ein Kommando beide gleichzeitig auf mich ab, Sylvia bohrt sich meinen Steifen in ihre patschnasse Grotte, während Cathy ihre immer noch spermaverschmierte blanke Spalte genau auf meinen Mund drückt. In mehr als nur einer Hinsicht vergeht mit Hören und Sehen, ich bin jetzt offenbar der Gefickte der beiden. Ich strecke ein wenig die Zunge in das Loch des Mädchens und lasse mich ansonsten einfach treiben. Sylvia kennt mich gut genug, mich mit ihrem Reiten eine lange Weile am Köcheln zu halten, während sie offenbar an Cathy herumspielt, die immer nasser und geiler wird und mein Gesicht mit ihrem Saft bedeckt. Ihr Geruch und Geschmack füllt meinen Kopf, was mir meinen Samen zusätzlich in Richtung Schwanzspitze treibt.

Schließlich nimmt mich Sylvia noch hart an beiden Nippeln, bohrt mir mit den Fingernägeln in mein Fleisch, was mich augenblicklich dazu bringt, mich aufzubäumen und mit einem lauten Schrei tief in ihre Grotte zu ergießen, während Cathys Saft mir über Gesicht, Wangen und Kinn herunterrinnt.

*

Schließlich sitzen wir beim Kaffee, wir haben noch eine gute halbe Stunde gemeinsam in der Dusche zugebracht, wir haben uns danach einfach nackt, wie wir sind, auf Handtüchern auf die Stühle gesetzt. Wir rauchen jetzt unsere eigenen Zigaretten. Seine Hand liegt schon wieder wie beiläufig auf meinem Schenkel. Auch wenn ich die Beine überschlagen lasse und äußerlich sehr ruhig bin: Ich muss mich sehr beherrschen. Er plaudert Belangloses mit Sylvia, ich bin ein wenig außen vor, die beiden scheinen einander sehr gut zu kennen. Ich bemerke daher erst beim zweiten Mal, als er mich direkt anspricht: „Wie kann man dich denn wieder einmal treffen, Süße?" „Sylvia kann das sicher wieder einmal arrangieren", setze ich gerade an, zu sagen, doch sie kommt mir zuvor: „Gib ihm ruhig deinen Kontakt, Schatz." Ich lächle, nenne ihm meine Messenger ID, er zückt sein Mobiltelefon und schickt mir sofort eine Nachricht. Mein Telefon piept in der Ferne, ich habe es wohl im Schlafzimmer liegen lassen. „Scheint zu funktionieren", lächelt er.

*

Das Gespräch beginnt zu zerflattern, ich merke, dass er unruhig wird. Draußen dämmert es bereits, durch das offene Fenster hört man die Vögel zwitschern. „Wird langsam Zeit für mich", sagt er, „Wo habe ich denn meine Sachen diesmal fallen lassen?" Ich lächle „Hier auf dem Sofa." Rasch und konzentriert zieht er sich an. „Na dann, ihr beiden Süßen", sagt er eher beiläufig, er ist wohl mit seinen Gedanken schon beim kommenden Arbeitstag. „Ah" – er lächelt verschmitzt, nimmt seine

Brieftasche heraus und legt die vereinbarte Summe auf den Tisch. „Und danke euch beiden, es war so geil." Er küsst die Kleine zum Abschied noch einmal auf ihren Mund. „Verlieb dich nicht Mädchen", denk ich mir, als ich den sehnsüchtigen Ausdruck ihrer Augen sehe. Zum Glück scheint er es nicht zu bemerken.

„Ich bringe dich noch raus", sage ich zu ihm. Ich bin noch nackt, habe mir nicht die Mühe gemacht, mich zu bedecken. Er schlüpft im Vorzimmer in seine Schuhe. „Ciao, Süße", sagt er zum Abschied noch zu mir, ich bekomme auch noch einen flüchtigen Kuss. Ich schaue rasch durch den Spion der Wohnungstüre, der Gang ist leer und finster. Ich öffne die Türe und lasse ihn hinaus.

*

Die Straßen sind schon etwas belebter, als ich meinen Wagen wende und ihn wieder in Richtung der großen Hauptverkehrsader lenke. Auf dem Parkplatz eines Supermarktes schiebt gerade ein Lastwagen laut piepend auf die Laderampe zu, vor mir zieht der erste Linienbus aus der Haltestelle. Der Tag beginnt. Ich werde wohl nicht mehr schlafen gehen, es ist ohnehin bald Zeit, ins Büro aufzubrechen. Doch der Gedanke an dieses zärtlich-geile Mädchen zaubert noch einmal ein Lächeln auf meine Lippen. Ich werde sie wohl bald wieder sehen wollen.

Der natürliche Weg

„Tschüss, Mami." Mein 4-Jähriger ist in Gedanken schon ganz bei seinem Spielkameraden im Kindergarten, wo ich ihn gerade abliefere. Ich bleibe noch eine kleine Weile in der Garderobe stehen, doch er ist schon in seine Welt eingetaucht. Zehn Uhr, wir sind spät, doch sechs ungestörte Stunden, bis ich ihn wieder abholen muss.

Ich denke wieder an das Gespräch zurück, das ich vor einigen Tagen mit meinem Mann hatte. „Tobias ist jetzt schon recht selbständig, meinst du nicht, dass es langsam Zeit für ein Zweites wird?" An und für sich wäre das ja keine ungewöhnliche Frage. Ich bin letzten Herbst 30 geworden, nach dem ersten Kind wollte der berufliche Wiedereinstieg ohnehin nicht recht klappen, meine Vorstellungen von Vereinbarkeit waren mit denen meines ehemaligen Arbeitgebers nur schwer zur Deckung zu bringen.

Wie gesagt, die Frage wäre nicht ungewöhnlich, wäre da nicht ein ungewöhnliches Detail: Mein Mann ist 15 Jahre älter als ich, hat aus erster Ehe bereits zwei Kinder und war schon vasektomiert, als ich ihn kennen und lieben gelernt habe. Natürlich war mein noch unerfüllter Kinderwunsch sehr bald Thema zwischen uns. Eine Weile haben wir über die Möglichkeiten diskutiert, die die moderne Medizin für dieses Problem so bereithält, doch sowohl die Kosten als auch die Absurdität der vorgeschlagenen Verfahren ließen uns derlei Pläne rasch wieder verwerfen. Ich muss an jenen Abend zurückdenken …

*

„Warum kümmerst du dich eigentlich nicht auf natürlichem Weg darum?" Ich schrecke auf, ich bin gerade mit einer Näherei beschäftigt, er blättert auf dem Sofa schon eine Weile in einer Zeitschrift. „Was meinst du?", frage ich. „Na um unser Kind."

Ich lege das Nähzeug beiseite, schaue zu ihm hinüber, unsere Blicke begegnen einander. Der seine ist ruhig und bestimmt. „Möchtest du mir das näher erklären?", frage ich. „Gern", sagt er, er trägt den Gedanken wohl schon länger mit sich herum. Erst ein wenig zögerlich und stockend, dann, als ich nicht offensichtlich abweisend reagiere, gewinnt er Sicherheit, spricht freier.

Er schweigt jetzt schon eine Weile, blickt mich erwartungsvoll an. Ich überlege bei mir. Seine Gedanken sind nicht ganz von der Hand zu weisen. Es gibt von ihm kein geeignetes Sperma, wir müssten auch medizinisch auf fremdes Material zurückgreifen. Er hat nur zwei Bedingungen: Er will von dem wo und wie nichts wissen, und er will nicht mit dem leiblichen Vater konfrontiert sein.

Nun, technisch bereitet das wohl wenig Schwierigkeiten, denke ich mir. Und bei rechtem Licht betrachtet, vielleicht auch ganz reizvoll. Ich war nie ein Kind von Traurigkeit, und ein bisschen geht mir die Abwechslung schon ab, seit wir verheiratet sind. „Und ein bisschen geil würde es dich schon auch machen, wenn du im Büro sitzt und dir überlegst, dass es jetzt gerade passieren könnte", necke ich ihn. Er lächelt verschmitzt und schaut ein wenig beiseite. Ich stehe auf, gehe langsam zu ihm hinüber, setze mich an seine Seite, schmiege mich ein wenig an ihn. „Magst du mir zeigen, wie sehr?", frage ich ihn.

*

Ich verscheuche diesen Gedanken, als ich den Klingelknopf an der unauffälligen Türe drücke, durch die ich mittlerweile schon öfter eingetreten bin. Eingetreten in eine andere Welt, eine Art Paralleluniversum mit eigenen Regeln. Sonja, öffnet mir, schenkt mir ein Lächeln, begrüßt mich mit Namen. „Komm nur rein. Schön, dass du da bist", sagt sie. Als weiblicher Gast habe ich untertags freien Eintritt. „Du kommst zurecht, wenn du etwas brauchst, weißt du, wo du mich findest", sagt sie, doch ich bin schon auf dem Weg in die Garderobe.

Hier fühle ich mich sicher und gut aufgehoben. Sonja nimmt zwar Soloherrn, aber nur solche, die ihren strengen Anforderungen genügen. Und ich habe nicht erst einmal erlebt, dass sie Männer und auch Frauen, die sich nicht in die freizügige, aber respektvolle und freundliche Atmosphäre einfügen, freundlich, aber nachdrücklich gebeten hat, das Lokal zu verlassen. Ich streife rasch meine Alltagskleidung ab, krame mein heutiges Outfit aus meinem Rucksack.

Ich war nie wirklich schlank, und die Kilos, die ich mir dem ersten Kind zugelegt habe, bin ich auch nicht alle wieder los geworden. Dessous, wie sie die zaundürren jungen Frauen tragen, die hier öfter herkommen, sehen an mir eher lächerlich aus. Ich nehme also einen weiten dunkelbraunen Rock, der bis zum Knie geht, und dazu eine cremefarbene Bluse. Meine Brüste sind Größe D, aber erstaunlicherweise auch nach einem Kind noch recht fest, ich leiste mir also, keinen BH drunter zu tragen. Slip sowieso nicht, ist doch viel geiler so. Dazu passende halbhohe Pumps. Mein dunkelblondes langes Haar frisiere ich noch einmal sorgfältig durch und stecke es mit einem Reifen fest. Ich schaue mich noch einmal in den Spiegel. Mollig, ein bisserl schlampig, aber gepflegt … es gibt mehr Herren, als man annehmen sollten, die darauf sehr abfahren.

„Du strahlst heute, als hättest du was Spezielles vor", sagt Sonja, als sie mir ungefragt meinen üblichen Cuba Libre hinstellt. Ich kenne sie schon ewig und vertraue ihr, also erzähle ich ihr von meinem heutigen Plan. Sie kichert. „Ist es also wieder so weit?", fragt sie. „Na ja, das Angebot kann sich ja schon sehen lassen", meint sie dann, tatsächlich sind einige Herren hier, die gar nicht so übel aussehen. „Ein bisserl blöd war nur letztes Mal, dass ich dann immer, wenn ich mein Kind ansah, ein Gesicht zum Vater hatte. Das möchte ich diesmal vermeiden. Hast du eine Idee, wie ich das anstellen könnte?" Sonjas Grinsen wird breiter. „Eine?", fragt sie verschmitzt. „Sandy?", ruft sie dann in die kleine Küche hinter der Bar. Kurz darauf erscheint eine junge Frau hinter der Bar, die Sonja wie aus dem Gesicht geschnitten ist.

„Das ist Sandra, meine Tochter. Sandra, das ist Karin, eine sehr alte Freundin." Sandra lächelt mich ein wenig scheu an. „Darf ich ihr erzählen, um was es geht, sie kann dir dann vielleicht behilflich sein." Ich schaue der jungen Frau in die Augen, da ist Offenheit, Freundlichkeit, jede Menge Empathie. „Ja", sage ich schließlich. Sonja erzählt ihr in raschen, schnörkellosen Worten, worum es geht. Sandra lächelt mich freundlich an. „Geile Idee", sagt sie nur, „und ich soll dir jetzt helfen, sie umzusetzen, hab ich das so weit verstanden?" „Umpf, ja, ich denke, das war Sonjas Idee." Das geht mir jetzt alles ein bisserl schnell. Die beiden merken meine momentane Verunsicherung.

„Trinkt erst mal noch einen zusammen, und dann entscheide, ob du das möchtest", sagt Sonja und stellt mir noch einen Cuba Libre hin. Sandra bekommt einen Gin Tonic. Wir tasten einander erst eine kleine Weile ab, bevor wir wieder auf das eigentliche Thema zu sprechen bekommen. Sandra scheint genaue Vorstellungen zu haben. „Es ist ganz einfach: Du sagst mir erst, welche von den Herren du ausschließt, und dann arrangieren wir ein paar Begegnungen, bei denen du nicht siehst, wer es ist. Und ich bleibe in der Nähe und pass auf dich auf. Da bist du absolut sicher, seit sich herumgesprochen hat, dass ich einen Dan in Karate habe."

Uff. Ich muss ein wenig schlucken. Es ist eine Sache, sich so etwas zusammenzuphantasieren, aber eine ganz andere, sich dann darauf einzulassen. Doch diese Sandra strahlt so viel Ruhe und Vertrauenswürdigkeit aus ... „Und das würdest du echt für mich machen?" Sie kichert. „Na klar: Besser als den ganzen Tag in der Küche stehen, und wer weiß, vielleicht ist für mich auch ein hübscher Schwanz drin." Ein letzter Blick in ihre Augen, die innerliche Entscheidung. „Gut", sage ich, „dann vertraue ich mich deiner Obhut an."

Sie kommt hinter der Bar vor. Sie ist ein hübsches schlankes Mädchen, vermutlich kaum 20 vorbei, trägt einen kurzen schwarzen Rock, ein schwarzes Glitzertop, ihr dunkles Haar aufgesteckt, sie geht barfuß. Die Männer verfolgen sie mit anerkennenden Blicken, halten aber scheu Abstand. „Ich hab mir das hier so eingeführt", sagt sie leise zu mir. „Warten, bis sie angesprochen werden. Female Choice sagen manche dazu. Gibt es irgend einen, den du ausschließen möchtest?" Ich schaue mich um. Schwer zu sagen, es gibt nicht wirklich ein Kriterium. „Ich vertraue dir da ganz, Sandra", sage ich und muss dafür meinen ganzen Mut zusammenkramen. Ein bisschen flau ist mir schon. „Na dann", grinst sie. „Aber komm jetzt mal mit."

Sie führt mich über die Spielwiese in den langen Gang, der zu den eher intimeren Zimmern führt. „Fangen wir mal soft an, steigern kannst du immer noch", sagt sie kichernd. Sie führt mich auf eine spärlich beleuchtete Spielwiese. „Willst du so bleiben oder dich ausziehen?", fragt Sandra, und bei ihr klingt das so, wie wenn man sich einen Drink aussuchen würde. Da ich sie hilflos ansehe, meint sie. „Na dann bleib einfach mal so." Sie nimmt ein frisches großes Leintuch von einem Stapel und breitet es auf. „Hier", sagt sie und reicht mir eine Augenbinde, die sie plötzlich in der Hand hält. „Wenn du die herunternimmst, verdirbst du dir die Sache selber. Du kannst mir voll vertrauen, ich bleibe in deiner Nähe."

Ich lege mich gemütlich auf das große Leintuch und schiebe mir die Binde auf die Augen. Das Gefühl des Ausgeliefertseins überwältigt mich kurz, doch da spüre ich, wie eine Hand die meine nimmt. „Vertrau mir einfach", höre ich diese unglaublich melodiöse, beruhigende Stimme sagen. Ich versuche mich zu entspannen.

Es dauert nicht lang. Ein Rascheln, dann fühle ich schon Hände auf meinem Körper. Ich kann nicht unterscheiden, wie viele, das gibt offenbar der menschliche Tastsinn nicht her. Sie spielen an meinen Beinen, gleiten meine Schenkel hinauf. Mein Körper wird kurz angehoben, meine Bluse abgestreift. Ich fühle, dass mein Kopf jetzt leicht erhöht liegt, Hände an meinen Brüsten, spielen zärtlich mit meinen Nippeln.

Und dann geht alles recht schnell. Hände drücken meine Beine weit auseinander, ein Schwanz an meine schon überlaufende Spalte angesetzt. Mühelos dringt er bis zum Anschlag ein in mich. Er fickt langsam, regelmäßig, die Hände spielen immer noch an meinen Brüsten, geben mir gleichzeitig Halt. Ich konzentriere mich unwillkürlich auf den Schwanz in mir, versuche mich zu entkrampfen, die sich langsam aufbauende Erregung zuzulassen. Er scheint ein erfahrener Liebhaber zu sein, nimmt Tempo heraus, lässt mir Zeit, mich zu entfalten. Der Druck auf meine Nippel erhöht sich, ich lasse mich einfach gehen, der Orgasmus kommt jetzt schnell, kaum spüre ich das Anschwellen der Eichel tief in mir drin, seinen Samenerguss …

Stille. Wie viel Zeit vergeht? Eine Minute, zwei? Ich habe das Gefühl, unkontrolliert auszulaufen. Plötzlich wieder die Berührung, die Augenbinde wird mir abgenommen. Es ist Sandra, die mich zärtlich anlächelt. „Nicht fragen", sagt sie, bevor ich nach Luft schnappen kann. „Aber du willst jetzt sicher duschen gehen."

20 Minuten später treffen wir uns wieder an der Bar. „Wie geht es dir jetzt?", fragt sie mit viel Wärme in der Stimme. „Gut", sage ich und meine das ehrlich. Sie stellt mir jetzt einen großen Sommerspritzer hin. „Du wirst wohl Durst haben", sagt sie. Ich nicke und leere das Glas nahezu in einem Zug. Sie lässt mich eine Weile allein mit meinen Gedanken, ich zünde mir eine Zigarette an. Die macht zwar den Kopf nicht klarer, entspannt mich aber ein wenig. Ich lasse die Situation immer wieder Revue passieren. Ja, es war schon geil. Und ein anderer Gedanke

drängt sich in den Vordergrund: Das kann es aber jetzt noch nicht gewesen sein, denke ich mir.

„Und?", fragt Sandra nach meiner dritten Zigarette nach. „Kann ich dir bei sonst noch etwas behilflich sein?" Bin ich so durchschaubar? Ich schaue ein wenig verlegen zu Boden, was ihr natürlich sagt, dass sie nicht ganz falsch liegt. „Dasselbe noch mal?" Ist da Spott in ihrer Stimme. „Oder etwas anderes, Wilderes?" Sie sagt nichts mehr weiter, trocknet in aller Unschuld Gläser ab, während der Gedanke sich langsam durch meinen Verstand bis in jenes archaische Zentrum durchfrisst, in dem die animalische Begierde sitzt. Mein Mund wird trocken, soll ich weiter fragen?

„Was wäre denn etwas Wilderes?", höre ich mich schließlich, und es kommt mir vor, als wäre ich eine Außenstehende, die mich beobachtet. Sandra kichert, dann beugt sie sich zu mir herüber, flüstert mir nur ein paar Worte ins Ohr. Ich erröte augenblicklich, also nein, das ist doch zu arg, denke ich mir …

Aber wie das so ist: Auch dieser Gedanke braucht nicht allzu lang, sich durch meinen Verstand durchzufressen. Und rational gesehen … Ich lächle ein wenig. „Ich sehe, du bist zu einem Entschluss gekommen?" Ihre Augen sind voller Unschuld, man muss schon genau schauen, um das Blitzen zu bemerken. „Na dann sag mir eine Zahl", setzt sie nach. Ich grüble eine Weile, Angst und Geilheit machen sich das aus, die Geilheit hat aber die besseren Karten. „Drei, vier, ein paar halt", sage ich schließlich und kann kaum glauben, dass ich das gerade gesagt habe.

„Jetzt gleich?", fragt Sandra ungerührt. „Ja, jetzt gleich." Ich kenne mich ja, mit Nachdenken würde ich mich jetzt nur quälen. Besser, einen Entschluss gefasst haben und es durchziehen. Sandra legt also das Geschirrtuch hin, kommt um die Bar. „Warte noch einen Moment, ich checke nur, ob alles in Ordnung ist." Zwei Minuten später ist sie zurück. „Okay, alles noch frisch und sauber, da war heute noch niemand drin." Sie nimmt mich an der Hand und führt mich zielstrebig zu jener Türe, an der ich schon öfter mit leichtem Schaudern vorbeigegangen bin. Einzutreten habe ich bis jetzt noch nie gewagt.

„Na, was ist?", fragt Sandra jetzt. „Gewand brauchst du da drin keins." Hmm, ja, klar. Etwas linkisch schäle ich mich auch Rock und Bluse, streife zuletzt die Schuhe ab. Ein bisserl peinlich ist mir das schon, so ganz nackt vor ihr zu stehen. Doch sie gibt mir noch einen Kuss auf die Wange und einen Klaps auf den Hintern. „Jetzt geh, das ist nichts zum viel Nachdenken. Du willst es tun, also tu es." Gut. Ich trete durch die Tür, als sie sich hinter mir schließt, umfängt mich vollkommene Dunkelheit. Nach links, dann nach einer kleinen Weile zweimal nach rechts. Lichtschleuse. Der Boden ist weich, ich gehe noch ein paar Schritte, doch dann lasse ich mich einfach nieder. Egal. Ich atme ein paar mal tief durch. Ruhig, Mädchen.

Die erste Berührung kommt rasch und unerwartet. Der Raum dämpft offenbar auch Geräusche, und gesprochen wird hier nicht. Unwillkürlich strecke ich meine Hände vorsichtig aus. Haut, Fleisch, vermutlich nackt, vermutlich männlich. Ich hole tiefer Luft, der unvermeidliche, typische Geruch beginnt den Raum zu füllen. Ich höre vorerst auf zu tasten, lege mich einfach auf den Rücken. Lasse mich überrollen.

Eine gefühlte Ewigkeit später: Stille. Ich schwitze, atme noch heftig. Greife mir instinktiv zwischen die Beine, tief in meine Spalte. Es ist glitschig, ist das jetzt Sperma? Ich bin mir sicher, dass ich einige Schwänze in mir hatte. Ich taste auf meine Vulva, meine Oberschenkel: klebrig, das ist jedenfalls nicht mein eigener Saft. Ich greife mir ins Gesicht, auf die Brüste. War die viele Nässe schon da, oder habe ich sie jetzt gerade mit meinen eigenen Händen verteilt? Ich lecke in perverser Lust über meine Hände, wische mir sie dann auf meinem Bauch ab.

Bin ich allein? Da, der winzige Schein einer Lampe. Sandra. Ich bin dankbar, dass sie jetzt auftaucht. Sie reicht mir als Erstes einen sehr feuchten Lappen, ich mache mich notdürftig sauber. Sie gibt mir die Hand, ich stehe unbeholfen auf, sie hilft mir in einen frischen Bademantel. „Wie viele waren es denn jetzt?", frage ich. Sandra lächelt nur: „Du wolltest doch sicher gehen, oder?"

Es war geil. Ja, unendlich geil, und die Absicht dahinter machte es noch geiler. Ich bin hergekommen, mich besamen und schwängern zu lassen. Und das habe ich getan. Ungezählte Orgasmen waren die Draufgabe. „Bist du so weit?", fragt Sandra. „Ja, gehen wir." Sie hat wohl dafür gesorgt, dass der Gang leer ist, als sie mich direkt zur Dusche führt. Ich lasse mir Zeit, lasse das warme Wasser eine gefühlte halbe Stunde über Kopf, Gesicht, Brüste, Bauch und Schenkel laufen. Die oberflächlichen Spuren kann ich wegspülen, denke ich mir, aber die Folge ist wohl unumkehrbar. Es ist der richtige Tag heute, ich kenne meinen Körper, und die Temperaturmessung hat es auch bestätigt.

Eine halbe Stunde später sitze ich mit Sonja und Sandra im Personalraum. Ich habe keine Lust mehr auf die Atmosphäre, ich bin absolut befriedigt. Die beiden Frauen lassen mich mit meinen Gedanken allein, während ich das Gulyás mit Nockerln in mich hinein löffle, das kleine Bier langsam austrinke.

Sonja bringt mich noch zu einem kleinen privaten Raum, nur ein frisch bezogenes Bett drin. „Wann musst du los?", fragt sie. „Halb vier", sage ich. „Ok, ruhe dich aus, ich wecke dich rechtzeitig auf." Ich lächle sie dankbar an, 5 Minuten später bin ich in einen tiefen Schlaf versunken.

Sein erstes Mal

Ich tue das gern, was ich tue. Ich bin jetzt Mitte zwanzig, stamme aus einem kleinen, heruntergekommenen Industrieort im östlichen Rumänien. Einige Jahre nach der sogenannten „Wende" geboren, musste ich schon als Kind miterleben, dass der Kapitalismus seine Heilsversprechen nicht einlösen konnte. Zumindest nicht für alle, und wir gehörten sicher nicht zu denen, für die er es tat. Ein Betrieb nach dem anderen musste schließen, Arbeitslosigkeit, Hoffnungslosigkeit und Abwanderung prägten meine Kindheit. Mein Vater hatte Glück, er war bei der örtlichen Verwaltungsbehörde beschäftigt, meine drei Geschwister und ich hatten ein bescheidenes, aber sicheres Auskommen. Ich besuchte die Pflichtschule der kleinen Stadt, doch das war das Ende meiner Perspektiven. Für eine weitere Ausbildung reichte mein Abschluss nicht aus, und für ungelernte Arbeitskräfte gab es keinerlei Bedarf. Die Jahre vergingen, ich war ein auffallend hübsches Mädchen, doch was nützte das, wenn es keine Männer gab, die imstande waren, zu heiraten und eine Familie zu gründen?

Ich wollte weg. Mein Vater widersprach mir nicht, bat mich aber inständig, damit bis zu meinem 18. Geburtstag zu warten. Ein paar Tage später hatte ich meine paar Sachen gepackt. Er brachte mich zum Bahnhof, gab mir alles Geld, das er entbehren konnte, sah mich lange an. „Nütze die Gaben, die du hast, Kind. Auch wenn es schmerzlich wenig war: ich habe dir gegeben, was ich konnte. Viel Glück draußen in der weiten Welt, und vergiss nicht, wo du daheim bist." Seine Augen waren traurig, ich wusste damals nicht, warum. Ich wusste bei meiner Abreise wenig von der Welt, doch ich sollte rasch lernen. Er war schon weg, als ich mich fragte, wo ich überhaupt hinfahren will. Es war ein Zufall, dass mein Blick auf dem zerfledderten Fahrplan an der Zeile „Wien" hängen blieb. Ein paar Wochen zuvor hatte ich eine Fernsehdokumentation über diese Stadt gesehen. Ich ging zum Fahrkartenschalter. „Wien?", fragte der gelangweilte Beamte. „Die meisten von euch wollen nach Berlin oder Paris." Ich dachte nach. „Wien", sagte ich trotzig. Zwei Stunden später saß ich allein in einem Abteil eines heruntergekommenen zweite-Klasse-Waggons, weitere 18 Stunden später stand ich auf einem Bahnsteig in einer fremden Stadt. Niemand hatte mich gehindert, in den Westen zu reisen, aber: Niemand wartete hier auf mich.

Der Rest ist Geschichte. Ich tue das gern, was ich tue, doch das Schlimmste daran ist das Warten. Zwölf, vierzehn, sechzehn Stunden. Und dabei nicht abstumpfen. Zwei, drei, vielleicht vier Freier an einem Tag. Ich lese viel, dazwischen ein wenig Fernsehen, mit den Kolleginnen sprechen. Und ich arbeite nicht täglich. Treibe einigen Sport, halte mich in Form.

Die Treppe knarrt.

*

Ich bin bestimmt schon hunderte Male an dem niedrigen Gebäude an der südlichen Ausfallstraße aus der Stadt vorbeigefahren. Doch erst in letzter Zeit hat es begonnen, mein Interesse zu wecken. Beruf, Haus, Kinder haben ihren Tribut gefordert. Dennoch liegt die Hemmschwelle hoch, es hat seine Zeit gebraucht sich vor Augen zu führen, dass dies gegenüber einer Nebenbeziehung das gelindere Mittel ist.

Den Blinker setzen, durch die schmale Einfahrt auf den Parkplatz neben dem Gebäude einbiegen, der durch eine hohe Mauer vor neugierigen Blicken von der Straße geschützt ist. Er ist um diese Tageszeit spärlich besetzt, ich stelle meinen Wagen auf deinen der freien Plätze, steige aus, atme ein wenig durch. Blicke mich um, es gibt einen direkten Zugang vom Parkplatz. Ein letztes Mal tief durchatmen, dann trete ich in das Gebäude ein.

Die Türe führt direkt in einen langen, spärlich beleuchteten Gang. Das erste, was mir auffällt, ist der ständig präsente süßliche Geruch. Ich kann ihn mir zunächst nicht erklären, erst später komme ich zu dem Schluss, es muss wohl die Mischung aus den unterschiedlichen Parfums der Mädchen sein, die die Lüftungsanlage des Gebäudes unterschiedslos verteilt. Doch momentan bin ich damit beschäftigt, die Umgebung auf mich wirken zu lassen. Links und rechts des Ganges Türen, dazwischen Fenster. Bei manchen sind die Rollläden geschlossen, bei anderen offen. Es ist nicht schwer, das Prinzip zu verstehen, durch die offenen Fenster kann man die Mädchen sehen, die meisten liegen mit mehr oder weniger Dessous am Körper einfach auf ihren Betten. Manche Türen stehen offen, sollen wohl zum Eintreten einladen.

Hinter mir scheppert es, ich drehe mich um. Ein Rollladen wird gerade hochgezogen, ein Mann tritt durch die Türe hinaus auf den Gang. OK, restliche Fragen beantwortet. Er geht an mir vorbei Richtung Ausgang, vermeidet den direkten Blickkontakt. Hierher kommt man wohl allein und möchte es auch bleiben. Ich schlendere also den Gang entlang, spähe neugierig durch die Fenster. Ernüchterung macht sich breit: Die meisten der Mädchen sind nicht unhübsch, aber in ihren Gesichtern ist Gleichgültigkeit, manchmal offensichtliche Stumpfheit. Ich trete zaghaft durch eine der Türen, spreche eine der Frauen an. Lustlos leiert sie Möglichkeiten und Preise herunter. „Danke, ich überlege es mir." Das soll alles sein? Ich habe meine Runde fertig. In einem Vorraum führt eine Treppe ins Obergeschoß. Gut, wenn ich schon da bin …

Der erste Stock sieht nicht viel anders aus als das Parterre. Es sind nur viel weniger der Rollläden geöffnet. Mittlerweile habe ich verstanden: Sie sind auch geschlossen, wenn die Zimmer unbesetzt sind. Die meisten Mädchen wollen wohl unten sein, weil da mehr Frequenz ist. Ich schlendere also weiter, bin schon halb entschlossen, meinen Besuch hier abzubrechen.

Hinten im Eck scheint noch ein Zimmer besetzt zu sein. Ich schlendere ohne große Erwartungen in Richtung der offen stehenden Türe, werfe einen Blick hinein.

Plötzlich bin ich wie elektrisiert. Ich blicke direkt in ein paar dunkle, wache Augen. Ein schlankes Mädchen, ihr wallendes schwarzes Haar rahmt ihr hübsches, ein wenig exotisches Gesicht dekorativ ein. Sie lächelt mich an, fast ein wenig scheu, doch es ist ein echtes Lächeln, das sich auch in ihren Augen widerspiegelt. Ich bleibe einfach eine Weile in der Türe stehen, unfähig, mich von diesem hübschen einladenden Bild loszureißen.

*

Er mag Mitte 40 sein. Nicht allzu groß, freundliche, wenn auch ein wenig traurige Augen. Sein dunkelblondes Haar wird schon ein wenig schütter. Er trägt legere Bürokleidung. Wohl ein kleiner Abstecher auf dem Weg nach Hause, in das, was vom Familienidyll nach langen Jahren der Abnützung noch übrig geblieben ist. Ich habe wohl gute Karten, er steht schon eine Weile hier, sein Blick ist an mir hängen geblieben. Ich mag diesen Typ Mann, die meisten von ihnen sehnen sich in Wahrheit nur danach, einmal wieder Aufmerksamkeit zu bekommen, nach einer Frau, die seine Bedürfnisse in den Mittelpunkt stellt und nicht ihre eigenen oder die der Kinder. Im Grunde hat er wohl schon gekauft. Ich setzte mich auf dem Bett auf, fahre mir mit den Fingern ein wenig durchs Haar, lächle ihn von unten her noch einmal an: „Hallo, möchtest du nicht hereinkommen?"

*

Ich trete in das kleine Zimmer, sehe mich um. Ein großes Bett, eine Dusche, ein Waschbecken, ein Fernseher. Was habe ich erwartet? Das Mädchen steht inzwischen in schwarzen Dessous vor mir, ist überraschend groß. Das schwarze Haar fällt jetzt weich über die Schultern, sie ist sehr schlank, kleine feste Brüste. Ich blicke ihre Beine hinunter, sie trägt seltsame Plateauschuhe. Sie taxiert mich. „Du bist das erste Mal hier, nicht wahr?" Es ist kein Spott in ihrer Stimme, mehr eine nüchterne Feststellung als eine Frage. „Ja", sage ich leise, „wie funktioniert denn das hier?" Sie lacht: „Ganz einfach, du bezahlst meine Zeit, ab einer halben Stunde geht es los. Wenn du möchtest, kannst du vorher und nachher duschen, ansonsten haben wir einfach gemeinsam Spaß." „Und was kostet eine halbe Stunde?" Ohne zu zögern, nennt sie ihren Preis. „Da wir uns noch nicht kennen, bitte im Voraus."

Nun gut, das erscheint mir fair. „Möchtest du bleiben?", fragt sie. Ich nicke, zücke meine Brieftasche und reiche ihr ein paar Scheine. „Hier kannst du ablegen" – sie deutet auf einen Sessel, während sie den Rollladen herunterlässt. „Möchtest du vorher duschen?" „Ja bitte", sage ich, während ich bereits meine Kleidung ablege. „Hier für dich", sagt sie und legt ein frisches Handtuch auf das Waschbecken neben der Dusche. Rasch und konzentriert wasche ich mir die Spuren des Tages vom Körper, lasse mir noch eine Weile das warme Wasser über den Körper rinnen, versuche meine Nervosität zu kontrollieren.

Doch dann ist plötzlich alles ganz einfach. Sie steht bereits nackt vor mir, hat auch die merkwürdigen Plateauschuhe ausgezogen. Vorsichtig strecke ich meine Hand nach ihr aus. „Darf ich dich berühren?", frage ich. Sie lacht. „Na klar." Als ich ihr die Hände an die Hüften lege, sie ein wenig an mich ziehe, legt sie mir schon die Hände auf die Schultern, berührt mich sachte, streicht mir über Arme und Brust, ihre sanften Berührungen erregen mich augenblicklich, ich fühle, wie das Blut in meinen Schwanz einschießt.

*

Ich bin jetzt voll konzentriert, achte auf jedes Detail seiner Reaktionen. Ich bin wohl nicht falsch gelegen, er möchte einfach nur wieder einmal geil verwöhnt werden. Ich kenne ihn noch nicht, also muss ich doppelt achtsam sein. „Machen wir es uns bequem?", frage ich schließlich und deute auf das große frisch bezogene Bett. „Gern", sagt er, er hat mittlerweile etwas von seiner Scheu verloren. „Einfach auf den Rücken", sage ich. Ich knie mich seitlich neben ihn hin, mache zunächst damit weiter, seinen Körper mit meinen Händen zu liebkosen. Bald habe ich heraus, dass seine Nippel sehr empfindlich und für ihn sehr erogen sind. Nicht ungewöhnlich, man muss nur aufpassen, es nicht zu übertreiben.

Sein Schwanz scheint mir mittlerweile stabil und hart. Ich beuge mich tiefer über ihn, ziehe vorsichtig seine Vorhaut zurück, umfasse seine blanke Spitze mit meinen angefeuchteten Lippen. Er stöhnt leise auf, legt sich etwas bequemer hin, entspannt sich endlich etwas mehr. Ich beginne ihn behutsam zu blasen. Seine Hand spielt an meinem Po, zwischen meinen Beinen. Er ist zärtlich, doch ich bin jetzt zu konzentriert, mich darauf einzulassen. Ich blase ihn sanft weiter.

*

Ich genieße die sanften Wogen der Erregung, die ihre Lippen in mir auslösen, während meine Hände ihren jungen hübschen Körper weiter erforschen. Ihre Haut ist seidig, sie ist perfekt rasiert, ich kann kein einziges Haar an ihrem Körper entdecken. Meine Finger überstreichen ihren Po, die Innenseite ihrer Schenkel, schließlich über die Schamlippen und durch ihre Spalte. Plötzlich erregte mich der Gedanke ungemein, wie viele Schwänze wohl diese Lippen geteilt, sich in dieses enge rosa Loch ergossen hatten. Sachte drücke ich ein wenig gegen ihren Schenkel. Sie scheint meinen kaum selbst eingestandenen Wunsch augenblicklich zu spüren, jedenfalls hebt sie ihr rechtes Bein über meinen Kopf und wechselt in die 69-Stellung. Vorsichtig strecke ich meine Zunge heraus, lasse sie über ihre aufklaffende Spalte gleiten, ihr feiner dezenter Geruch füllt meine Nase. Sie senkt ihr Becken ein wenig weiter ab, erlaubt mir, mit der Zunge tief in ihre schon feuchte Grotte einzudringen.

Er ist ein außergewöhnlich empfindsamer und zärtlicher Mann. Ich spüre das leichte Kribbeln, das seine Zunge in meinem Unterleib auslöst, überlege kurz, ob ich mich darauf einlassen soll. Es wäre jetzt ein Leichtes, ihn mit meinen Lippen fertigzumachen, während ich mich auf das sanfte Spiel seiner Zunge und seiner Lippen einlasse. Doch ich entscheide mich intuitiv dagegen. Er ist das erste Mal hier, seine Erwartung ist wohl, mich ficken zu können und tief in meinem Körper zu kommen. Ich möchte auf keinen Fall, dass er dann enttäuscht von mir geht, vielleicht meint nicht bekommen zu haben, wofür er bezahlt hat.

Ich lasse also nach einer Weile seinen pulsierenden Schwanz aus meinem Mund gleiten, drehe mich über ihm um, sodass ich Blickkontakt mit ihm haben kann. Ein Bein kniet auf der Matratze, das andere aufgestellt, seine mächtige Erektion genau unter mir. Ich schaue ihm genau in die Augen, während ich mich langsam auf seinen Schwanz absenke, lasse ihn zunächst nur leicht zwischen meine Schamlippen eindringen. Er erwidert mein Lächeln. Ich stütze mich ein wenig auf seinen Schultern ab, lasse mein Haar hängen, sodass es ein wenig auf seiner Brust kitzelt. Geilheit in seinen Augen, gut, ich werde es noch ein wenig hinauszögern, noch ein wenig mit ihm spielen. Langsam senke ich mich weiter ab, bis er tief in mir steckt, beginne mich ebenso langsam auf ihm zu bewegen, ihn sachte zu ficken. Ich verlagere das Gewicht auf eine Hand, nehme die andere von seiner Schulter und beginne ein wenig an seinen Nippeln zu spielen.

Ich bin nach wie vor voll fokussiert. So geil die Situation ist, mit einem Mann ist es immer eine Gratwanderung. Es reicht oft die geringste Störung, eine falsche Bewegung, ein leichter

Schmerz, den er momentan empfindet, um seine Erregung zusammenbrechen zu lassen. Und es geht um ihn, nicht um mich. Ich beuge mich zwischendurch hinunter zu ihm, küsse ihn sachte auf seine Lippen. Er keucht und stöhnt unter mir. Mal sehen, ob er sich fertig reiten lässt oder mich ficken will. Ich achte auf die winzigsten Signale, warte noch ein wenig ab …

*

Das Mädchen ist traumhaft, ich genieße das Spiel, das sie mit mir spielt. Sie scheint genau zu wissen, genau zu spüren, wie sie sich bewegen muss, sie hält mich schon eine gefühlte Ewigkeit an der Kippe, spielt scheinbar mühelos mit mir, ich fühle, wie mein Saft immer wieder meinen Schaft hinaufsteigt. Doch schließlich wird mein Wunsch übermächtig, sie einfach zu nehmen, sie nach meinen Bedürfnissen zu ficken.

Bevor ich den Gedanken noch gefasst habe, bevor ich noch überlege, wie ich ihn in Worte kleiden kann, hat sie es wohl schon bemerkt. „Von vorne oder von hinten?", fragt sie einfach. Ich bin von der schlichten Direktheit fast erschlagen. „Von vorne", sage ich nur. Sie gleitet von mir, legt sich neben mir auf dem Bett auf den Rücken, macht ihre Beine breit. „Na dann komm, dann zeig mir, dass ich dir gefalle", sagt sie mit ihrer melodiösen Stimme.

*

Jetzt kann nicht mehr viel passieren. Meine Spalte ist feucht genug, ich brauche für ihn kein Gleitmittel. Er ist jetzt geil, einfach geil, wie es nur ein Mann sein kann. Kommt zwischen meine Beine, zur Sicherheit greife ich an seinen Schwanz, helfe ihm ein wenig, in mich einzudringen. Er beginnt mich zu stoßen. Es gibt jetzt keine Interaktion mehr mit ihm, er stützt sich schwer auf meine Schultern, ist weit weg, das Testosteron hat ihn unter Kontrolle. Ich atme ruhig, achte darauf, nicht zu verkrampfen, für ihn locker zu bleiben. In einer Weise liebe ich diese Phase, es ist doch ein Kompliment für ein Mädchen, einen Mann so zu erregen, das Gefäß zu sein, an dem er seine Lust befriedigt.

Ich kann fühlen, wie er sein Tempo steigert, sein Schwanz in meiner Spalte anschwillt. Ich konzentriere mich jetzt darauf, meine Beckenmuskulatur anzuspannen, noch ein wenig enger für ihn zu werden, damit der Fick nicht in meiner Nässe absäuft. Es kommt immer wieder vor, dass die Stimulation für den Mann mitten drin zu gering wird, dass er es nicht mehr schafft, zu seinem Höhepunkt zu kommen, wenn er sich zu viel Zeit lässt. Ich gehe auf Nummer sicher, fasse ihn an seinen Nippeln, kneife sie relativ hart. Es funktioniert, er stöhnt laut auf, dann beginnt sein Schwanz zu pulsieren, er ergießt sich mit ein paar mächtigen Stößen tief in mich.

Ich fange ihn sachte auf, als die Spannung seines Körpers ein paar Sekunden danach vollkommen schwindet, er erschöpft auf mich herabsinkt, umfasse ihn sachte mit meinen Armen, halte ihn ein wenig fest, warte, bis er wieder zu Atem gekommen ist. Die meisten halten das sowieso nicht lange aus, die Intimität eines solchen Augenblicks mit einer Professionellen wird ihnen rasch unangenehm. Er ist da keine Ausnahme, er zieht sich sehr bald aus mir zurück, löst sich von mir, richtet sich auf. Ich lasse meine Beine bewusst weit gespreizt, mal sehen, wie er reagiert.

*

Langsam komme ich wieder zu Atem, ich knie noch zwischen den Beinen dieses zauberhaften Mädchens, blicke auf sie herab. Ihre Augen und ihre Lippen lächeln. Sachte lege ich eine Hand auf ihren Bauch, ihre Vulva. Sie lässt es zu, dass ich ihre Schamlippen noch einmal ein wenig teile, fasziniert betrachte ich eine Weile die silbrigen Fäden meines eigenen frischen Samens. Ich beuge mich tief hinunter. „Darf ich noch ein bisschen?", frage ich sie, sie lächelt nur und nickt. Erst vorsichtig, dann immer forscher lasse ich meine Zunge über und durch ihre Spalte gleiten. Sie streichelt mir dabei sachte über den Kopf. Minuten vergehen, bis ich plötzlich genug davon habe. Ich löse mich ganz von ihr, lege mich mit ein wenig Abstand neben sie auf das Bett, spüre noch ein wenig meinem Atem nach, der sich langsam beruhigt. Doch auch wenn wir einander noch einmal in die Augen sehen, einander ein Lächeln schenken, ihre Hand die meine noch einmal drückt: Der Augenblick der Verschmelzung ist unwiederbringlich vorbei, wir sind wieder zwei.

*

Ich blicke kurz auf meine Uhr. Die halbe Stunde ist lang vorbei. Es spielt keine Rolle, aber ich biete ihm nichts mehr an. Manchmal, wenn die Männer sehr schnell sind, massiere ich sie noch ein wenig. Ich setze mich auf, schließe meine Beine. „Möchtest du noch einmal duschen?", frage ich ihn. Es ist die eleganteste Form, ihnen zu sagen, dass sie Zeit um ist. „Ja gern", sagt er, denkt wohl jetzt erst darüber nach, dass er nicht gut nach mir riechen kann, wenn er heim kommt. „Das Männer-Duschbad steht links hinten", sage ich noch, warte, bis er in der Duschkabine verschwunden ist. Gelegenheit, mich um mich selbst zu kümmern. Ich ziehe ein Bündel Taschentücher aus der Box, fange damit die Flüssigkeit auf, das aus meiner Scheide ausläuft. Ziehe rasch das Leintuch vom Bett und werfe es in den Schmutzwäschebehälter, arrangiere wieder die Kissen. Nehme einen großen Schluck aus der Flasche mit der Mundspülung, spüle mir Mund und Rachen gründlich aus, vertreibe den Geschmack nach Sperma.

Ich bleibe noch nackt. Warte, bis er aus der Dusche kommt, halte ihm das Handtuch, helfe ihm noch, sich abzutrocknen. Die meisten Männer mögen das, nach dem Ficken verfallen sie oft in den mentalen Status kleiner Buben, die sich gern von der Mama betüteln lassen. Ich lächle ein wenig in mich hinein.

Der Augenblick ist vorbei, er sieht sich bereits nach seiner Kleidung um, ist rasch wieder angezogen, geistig ist er bereits weit weg, wohl mit Gedanken schon auf dem Heimweg oder bei seiner Familie. „Bist du länger hier?", fragt er noch, „ich würde dich gern wieder einmal besuchen." „Gern", sage ich, „ich bin die nächste Zeit hier im Haus." Ich sage das immer, es klingt verbindlicher, wer weiß, ob und wann er wiederkommt, ob er ein einmaliger Kunde bleibt oder mit der Zeit zu meinen Stammkunden gehören wird. Es kommt, wie es kommt.

„Ciao, Süße", sagt er. „Ciao, mein Lieber, danke für deinen Besuch", sage ich. Es ist nicht an mir, Verbindlichkeit für ein nächstes Mal herzustellen, ich verdiene mein Geld damit, das nicht zu tun. Ich öffne ihm die Türe, entlasse ihn auf den Gang dieser architektonischen Scheußlichkeit, schließe die Tür hinter mir. Ich brauche jetzt eine halbe Stunde für mich, duschen, ein wenig ausrasten. Ich habe heute Abend noch ein Date mit der entzückenden Neuen, die vorgestern hier angekommen ist, ich werde wohl heute keinen Mann mehr nehmen. Ich schließe die Augen, als das warme Wasser angenehm über meinen Körper fließt, die Spuren des Mannes von mir abwäscht.

Der Masseur

„Wenn du dich jetzt bitte umdrehen würdest?" Ich erwache endlich aus meinem Dösen, als mich der Masseur sanft an der Schulter berührt. Ich liege nackt am Bauch und genieße schon den besseren Teil einer Stunde eine angenehme, wohltuende Massage, leise Musik füllt den Raum.

Ich zögere kurz. Doch mit meinen 25, meinem schlanken, trainierten Körper und meinen kleinen festen Brüsten habe ich keinen Grund, besonders schamhaft zu sein. Mein langes blondes Haar ist mit einer Klammer aufgesteckt, die Rasiere ist makellos, und mein neckisches kleines Büschel, das ich auf der Vulva stehen habe, ist frisch in Form gebracht. „Ja, sicher", sage ich noch etwas benommen und drehe mich auf der Massageliege auf den Rücken. Als er, der hübsche Masseur mit den dunklen Augen und dem dunklen gekräuselten Haar, mit einem Tuch kommt, um mich zuzudecken, schenke ich ihm mein bestes Lächeln und wehre ab. „Danke, es ist ohnehin warm genug."

Er erwidert das Lächeln, bleibt aber professionell. „Wie du möchtest", antwortet er geschäftsmäßig und wendet sich meinen Armen zu. Ich versuche, unbeteiligt in die Luft zu schauen, was mir aber nicht ganz gelingt, denn je öfter mein Blick „zufällig" dann doch auf ihn fällt, umso besser gefällt er mir. Unsere Blicke begegnen sich, er hält kurz inne. „Stört es dich, wenn ich mein T-Shirt auch ablege? Es ist tatsächlich warm hier", fragt er. Unsere Blicke spielen eine Weile miteinander. „Ja, sicher, also ich meine, nein, also, …" ich schaue vor Verlegenheit kurz weg, dass ich nicht einmal cool genug bin, eine beiläufige Antwort zu geben. Ich räuspere mich. „Also, nein, es stört mich nicht", sage ich.

Mein Körper meldet sich zu Wort, als ich ihn aus dem Augenwinkel beobachte, wie sein sonnengebräunter, muskulöser Oberkörper und seine haarlose Brust zum Vorschein kommen. Er legt das T-Shirt ohne Hast auf die Ablage, wendet sich dann wieder zu mir. Der Blick, den wir austauschen, ist schon wieder zu lang.

„Jetzt noch die Beine", sagt er, „dann sind wir fertig." Er beginnt bei meinen Füßen, so wie wenn er genau wüsste, was das mit mir tut, wenn man meine Füße berührt. Ich schließe die Augen und genieße das angenehme Kribbeln, das sich in meinem Körper langsam aufbaut. Ich halte mich mit den Händen unwillkürlich ein wenig fester an den Rändern der Liege an, versuche äußerlich ruhig zu bleiben. Dagegen, dass meine Nippel hart und steif werden, kann ich ohnehin nichts tun, vielleicht war das doch keine so gute Idee, die Decke abzulehnen?

Ich blinzle. Seine Hände sind mittlerweile über meine Waden bis zu meinen Knien vorgedrungen, doch sein Blick ruht auf meinem Oberkörper. Als er merkt, dass ich blinzle, lächelt er spitzbübisch und konzentriert sich wieder auf seine Arbeit. Jetzt scheinen die Oberschenkel dran zu sein. Ich gebe wie selbstverständlich nach, als er mit einem unschuldigen „darf ich?" meine Beine ein wenig auseinander drückt. Ich hoffe inständig, dass er wenigstens nicht die Nässe sehen kann, die sich zwischen meinen Beinen schon aufgebaut hat. Ich denke darüber nach, dass es jetzt doch schon wieder ein halbes Jahr her ist, seit ich mich von meiner Affäre getrennt habe, einem älteren Flugkapitän. Über den Sommer musste ich dann als Flugbegleiterin Sonderschichten schieben, wegen Personalmangels. Alles Kurzstrecke, zweimal hin und zurück pro Arbeitstag, keine Nightstops. Da war ich in der Zeit dazwischen froh, meine Ruhe zu haben.

„So, fertig", sagt er schließlich. Er schaut mich ein wenig keck an, als ich nicht gleich Anstalten mache, aufzustehen. Ob man mir die unbefriedigte Geilheit ansieht? Schließlich setze ich mich doch auf, lasse mir von ihm von der Liege helfen. Er nimmt seine Liste zur Hand, kritzelt etwas darauf herum. „Zimmer Nummer 341 ist korrekt, Julia?", fragt er.

„Ja. Wie lang ist denn deine Liste heute noch?", frage ich, während ich in meinen Bademantel schlüpfe. Mal ein bisschen auf den Busch klopfen, wenn er nicht anbeißt, ist die Frage ja unverfänglich genug. Doch der Blick, den er mir zuwirft, ist wohl eindeutig und geht mir durch und durch. „Eine Dame habe ich noch, dann habe ich frei", sagt er und schaut mir dabei genau in die Augen. Na mach schon, bevor du dann allein ausrinnst, spottet mein Über-Ich. Wer hat denn die jetzt gefragt? Ich halte seinem Blick offen stand. Hoffe ich zumindest. „Melde dich, Zimmernummer hast du ja", sage ich. Er greift jetzt nach meiner Hand, schaut mich eine Weile an. „Sicher?", fragt er. „Ja, sicher", sage ich leise. Ich mache mich von ihm los, packe etwas linkisch meine Sachen. „Und danke schon mal für die Massage", sage ich noch, bevor ich mich abwende und den Raum verlasse.

Die „Dame" scheint mir gerade entgegenzukommen. Es ist ein älterer Herr mit einer Hornbrille auf der Nase. Soll ich jetzt erleichtert sein? Schuft jedenfalls, ich muss ein wenig lächeln.

*

Eine Stunde noch. Ich beschließe, noch einen Drink an der Poolbar zu nehmen. „Was darf ich der schönen Dame bringen?", probiert sich der Barmann an mir aus. „Einen Cai Pirinha, dort drüben an den Tisch bitte." Ich deute unbestimmt in Richtung der Terrasse, es ist ziemlich gleichgültig, es sind kaum Gäste hier. „Auf 341 bitte."

Ich schlendere in Richtung des Tisches, warte auf den Drink, will jetzt allein sein. „Schreiben Sie zwei Euro dazu", sage ich zu ihm. „Danke, die Dame". Er macht das nicht erst seit gestern, zieht sich diskret zurück und macht keine weiteren Versuche. Ich blicke über die herbstliche Landschaft, die sich unter der Terrasse vor meinen Augen ausbreitet.

*

Ich flätze auf dem Bett herum. Ich überlege, ob ich mich anziehen und stylen soll. Wo genau ist das „weder zu wenig noch zu viel", frage ich mich. Ich gehe ins Bad. Frisur, ah ja, ich nehme die Klammer aus dem Haar, lasse meine blonde Mähne weich über meine Schulten fallen. Geht noch, nur ein bisschen Taft. Augen. Eyeliner, das reicht. Gesicht? Ein wenig Rouge auf die Backenknochen, ein dezenter Lipgloss. Nicht mehr, ich bin unserer Trainerin dankbar, dass ich nach Jahren im Beruf hier jetzt einigermaßen sicher bin.

Strümpfe? Nein. Dessous? Ja schon. Schwarz ist ein wenig abgedroschen, denke ich mir, ich hab ja das neue süße weiße Set. Endlich mal eine Gelegenheit dafür. Wo ist jetzt wieder die Schere, da sind noch die Etiketten dran. Ah, hier. Ich stelle die Klimaanlage im Zimmer ein wenig kühler, lege mich wieder auf das Bett. Noch 10 Minuten. Oder 20? Wird er mich warten lassen?

Ich schrecke auf, als nach einer halben Stunde das Zimmertelefon läutet. Muss wohl wieder eingenickt sein. „Ja", sage ich nur. „Du bist immer noch sicher?", fragt er. Klar, Hotelangestellter, muss auf Nummer sicher gehen. Komische Zeit. „Ja", sage ich schlicht. „Gut, in zehn Minuten."

*

Es klopft, ich öffne. Er steht draußen, in schlichten olivgrünen Chinos, ein graues Shirt dazu. Er hält einen Tray mit einem Champagnerkühler und zwei Gläsern in der Hand. Ich muss schon wieder lächeln. Männer fühlen sich immer bemüßigt, irgendwie für Stimmung zu sorgen, mir hätte einfach vögeln gereicht. Bringen wir ihnen gar das falsche bei? Er nimmt mein Lächeln gleich als Anerkennung, wie praktisch. „Komm rein", sage ich. Er stellt das Tablett auf das Sideboard und sieht mich an.

„Okay, für nachher, du willst nicht mehr warten", stellt er nüchtern fest und nimmt mich einfach in die Arme. Das finde ich jetzt auch wieder irgendwie frech, aber das Bedürfnis nach Körperlichkeit dominiert. „Nein", antworte ich also ebenso frech, lege ihm die Arme auf die Schultern und biete ihm meine Lippen zum Kuss. Er zieht mich mit beiden Händen an den Hüften an sich und nimmt die Einladung an. Es kribbelt schon herrlich …

Er lässt mich wieder los, streift sich ohne weitere Umstände das Shirt vom Körper. Hatten wir das heute nicht schon mal? Als er auch aus seiner Hose schlüpft und er mir seinen Halbsteifen mit der größten Selbstverständlichkeit präsentiert, verstehe ich: doch ohne große Umstände vögeln. Na also. Ich lege routiniert meinen BH ab und schlüpfe mit einer fließenden Bewegung aus meinem Slip. Stehe nackt vor ihm und schaue ihn herausfordernd an.

„Gleich auf den Rücken bitte", sagt er mit erstaunlicher Selbstsicherheit. Ich lege mich breit hin, er kniet sich zwischen meine offenen Beine. Es ist, als ob er die Massage nie unterbrochen hätte, er beginnt wieder an meinen Füßen, bald hat er mich wieder genau dort, wo wir vor einer Stunde aufgehört haben. Ich lege mich schließlich bequemer hin, zwei Kissen unter meinen Kopf, verschränke die Hände im Nacken und schaue ihn einfach an. „Einmal ficken bitte", sage ich. Zum ersten Mal beobachte ich, wie er für Sekundenbruchteile seine Contenance verliert, bevor er sich in ein mechanisches Lächeln rettet. Dass er voll erigiert ist, habe ich vorher gecheckt, ich will ihn ja nicht blamieren. Männer sind manchmal erstaunlich leicht zu verunsichern.

Der hier offenbar nicht. „Na dann", sagt er, richtet sich zwischen meinen Beinen auf und kommt näher. Ich schaue fasziniert zu, wie er seinen stattlichen Schwanz erst noch eine Weile an meiner Klit und meinen Schamlippen reibt, bevor er mich ohne große Umstände penetriert.

Ich kämpfe eine kurze Weile dagegen an, zu krampfen, doch seine langsamen kraftvollen Stöße machen mir es leicht, seinen Rhythmus rasch aufzunehmen. Bald kapiere ich: Dieser Fick ist sein Geschenk an mich, er hält sich zurück. Ich höre also auf, auf ihn zu achten, und lasse mich einfach in das Spiel hineintreiben. Und ich muss anerkennen: Er versteht etwas davon. Erst nach vollen 20 Minuten zieht er sich aus mir zurück, ich bin vollkommen außer Atem und schweißüberströmt.

„Ein paar Minuten, ich muss duschen", keuche ich und flüchte ins Bad. Ich kann nicht feststellen, ob er auch schon gekommen ist, als ich mir die Nässe zwischen den Beinen mit einem Kosmetiktuch abwische, bevor ich mir in der Dusche das lauwarme Wasser über den Körper rinnen lasse. Ich nehme mir Zeit, bis ich wieder einigermaßen zu Atem und Sinnen gekommen bin, trockne mich dann in Ruhe ab, bevor ich nackt, wie ich bin, wieder ins Zimmer gehe.

Er hat schon Champagner eingeschenkt. „Cheers", sagt er und hebt sein Glas. Wir setzen uns an das kleine Tischchen, draußen ist es wohl schon zu kühl. Wir plaudern eine Weile. Er ist ein angenehmer Gesellschafter. Ob es einen Kurs „Konversation für Masseure" gibt, frage ich mich. Wenn die nur halb so professionell sind wie die Airline, überlassen sie nichts dem Zufall. Gut, vögeln muss er wohl selber können. Ich muss wieder lächeln.

*

„Fertig für die zweite Runde?", frage ich ihn schließlich. Er ist der Typ Mann, der das locker aushält. Er erwidert mein freches Lächeln. „Klar, immer", sagt er. „Aber jetzt geht es nach meinen Regeln", sage ich. „Leg dich brav hin". Zwei Minuten später sitze ich in einem innigen 69 auf ihm. Wir kommen nahezu gleichzeitig, sein Sperma spritzt tief in meine Kehle, während meine Liebesgrotte heftig pulsiert. Ich mag das …

Wir bleiben diesmal im Bett liegen, er bringt nur den Rest des Champagners und Zigaretten. „Was machst du?", fragt er. Ich erzähle ihm von meinem Job. Ich widerspreche nicht, als er etwas von „fesche Kapitäne" und „Piloten ist nichts verboten" faselt. Wozu auch, wahrscheinlich hat er in seinem Job mehr Gelegenheiten als ich in meinem.

*

„Einmal geht noch?", frage ich nach einer gefühlten Stunde, mehr um dieses mühsame Gespräch zu beenden. Schnörkelloser Missionar. Beim Ficken sind wir besser als beim Reden, wir schaffen es fast gleichzeitig, ich spüre diesmal gut, wie er kommt. Noch eine Zigarette, der Rest des Champagners ist warm und abgestanden.

Er steht auf, zieht sich rasch an. Ich bin dankbar, dass er offenbar anderswo duschen geht. Er beugt sich über mich, küsst mich. „Ciao bella, und danke", sagt er. „Danke dir, mach's gut." Was auch immer, denke ich. Die Türe fällt hinter ihm ins Schloss.

*

Später Abend, ich habe gut gegessen. Ich bin mit meinen Gedanken allein, spüre dem Nachmittag nach, denke nach, ob ich überhaupt seinen Namen kenne. Egal, ich reise morgen ab, wir werden uns wohl nicht wiedersehen. Mein Musikdienst spielt mir Chansons von Annett Louisan vor, das passt gut zu meiner momentanen Stimmung. Ich zünde mir eine Zigarette an, die letzte, die in der Packung verblieben war.

Könnte Ihnen auch gefallen …

Marion Marksmeisje, Nicht nur für Frauen

BoD 2019, ISBN: 9783735787439

Clifford Chatterley, Anjas Cuckold oder Die sieben Kreise der Unterwerfung

BoD 2020, ISBN: 9783751957113

Clifford Chatterley, 90 Tage Cuckold. Das Tagebuch eines fast keusch Gehaltenen.

BoD 2019, ISBN 9783741272608

Clifford Chatterley, Virtuelle Begegnungen. 6 Erotische Kurzgeschichten.

BoD 2020, ISBN 9783751933667

Clifford Chatterley, van Sannenfagg Island. Swinger in der Ka-
ribik

BoD 2020, ISBN: 9783752612417 (E-Book)